ala delta
INTERNACIONAL

Direcciones prohibidas o la gata azul turquesa

Dirección: *María Alarcón García*
Equipo editorial: *Ana M.ª Maestre, Guadalupe Rodríguez y Myriam Sayalero*
Traducción: *Soraya Hernán-Gómez*
Diseño de cubierta: *Cristina Martínez-Abarca*

Título original: *Verbotene Richtungen oder die tüskisfarbene Minx*

ISBN: 84-263-3739-2
Depósito Legal: Z. 3101-97
Talleres Gráficos Edelvives
50012 Zaragoza

Talleres Gráficos
Certificados ISO 9002
Printed in Spain

Johannes Friedmann

Direcciones prohibidas o la gata azul turquesa

Ilustraciones de
José Luis Tellería

EDELVIVES

La herencia

CUANDO la vieja bruja murió, Sven sólo tenía doce años. En realidad, la vieja bruja era su abuela, pero su padre siempre la había llamado vieja bruja para hacer rabiar a su madre. Sven apenas se acordaba de ella, porque desde siempre había vivido en Berlín, y el viaje hasta Múnich le resultaba muy fatigoso. Su última visita quedaba muy atrás, y ahora estaba muerta. Contra ello había poco que hacer.

Unos días después de la muerte de su abuela, sus padres le anunciaron que se iban a mudar a Berlín. La abuela les había dejado la mansión de la ciudad y un montón de dinero. Venderían la casa de Múnich y empezarían a vivir como la gente rica. A Sven le hacía mucha ilusión ser rico, pero con el solo pensamiento de que para ello tenían que marcharse de Múnich, le entraban ganas de llorar. Claro que los chicos de doce años no lloraban.

—No estés triste. Berlín es mucho más bonito que Múnich, ya lo verás —le dijo su madre—. Por fin vas a tener una habitación grande. Y yo dispondré de un despacho para mí sola.

La madre de Sven escribía un libro infantil que nunca acababa. Su ordenador estaba al lado del televisor, en la salita, y mientras trabajaba, emitía unos pitidos que a todos crispaba los nervios.

—Pero yo no quiero tener otra habitación —gritó Sven. Subió corriendo a su cuarto, se dejó caer sobre su vieja cama, y se tapó la cabeza con la almohada. Nadie debía ver que por aquel entonces todavía lloraba.

Era inútil. Sven conocía lo suficiente a sus padres como para saber que ni la llorera más larga influiría en hechos tan importantes como hacerse ricos o mudarse a Berlín. Poco a poco se fue dando cuenta de que pronto no podría hacer todas aquellas cosas que tanto le gustaban.

Así que por última vez trepó con Jan, su mejor amigo, a lo alto de la tapia del jardín. La tapia separaba su finca de la del loco de al lado y del camino peatonal que bajaba al río. Además tenía una pequeña puerta que chirriaba penosamente y daba directamente al camino peatonal. Pero Sven y sus amigos encontraban antideportivo utilizar una puerta de ésas. Por eso había que escalar.

Superada la tapia, no quedaban lejos los espesos almendrales de la ribera del Isar. Allí jugaron, como de costumbre, a exploradores de la jungla que se metían en cuevas y buscaban volcanes escondidos. Como los volcanes no querían aparecer, intentaron hacer un fuego con los palos que había entre las piedras. Entonces los descubrió un caminante que empezó a echarles una tremenda regañina por lo del fuego.

Por última vez subió con su amiga Julia a la cabaña de la gran haya, para ver la colección de piedras que escondía en ella. Aquélla no era una cabaña de verdad, porque no tenía ni paredes ni techo. Sólo se componía de una cortina con dibujos de máscaras de payasos y de un par de maderas sujetas con una cuerda a las ramas. Él mismo había atado la cuerda, y, como no sabía hacer bien los nudos, debían poner mucho cuidado para que no se derrumbara toda la construcción.

Mil veces le había prometido su padre que se ocuparía de la cabaña del árbol, pero, por una u otra razón, nunca encontró el momento. Mientras estaban allí sentados, ordenando las piedras de colores en diferentes cajitas, Sven se dio cuenta de que su cabaña quedaría convertida para siempre en una cabaña sin terminar. Y de nuevo estuvo a punto de que se le saltaran las lágrimas.

—Tengo una idea —dijo su madre por la noche—. Haremos una gran fiesta de despedida para ti y tus amigos, y todos os disfrazaréis.

Sin embargo, la idea no causó el entusiasmo esperado en Sven. Las fiestas de disfraces le parecían demasiado infantiles, y ya iba siendo hora de que su madre dejara de tratarlo como si él fuera un niño pequeño.

De todos modos, dieron la gran fiesta de despedida bajo la gran haya, que su madre había adornado con farolillos amarillos, verdes y azules. Como de costumbre, Sven iba disfrazado de pirata solitario: con un parche en un ojo y una espada, ya que era el único disfraz que tenía. Hicieron la última *gymkhana* en busca del tesoro que el padre de Sven había escondido en el jardín. Naturalmente, Jan y Sven acabaron encontrándolo. Consistía en un largo lazo, meticulosamente enrollado.

Una vez más, Jan quiso demostrarle a su amigo cómo hacer un nudo bien fuerte en el lazo, de forma que nadie pudiera desatarlo. Al contrario que Sven, Jan sabía hacer nudos fabulosos, pero Sven no le prestaba atención. Miraba a los demás niños y sentía que ya estaban dejando de ser sus amigos.

—Lo mejor será que tú te quedes con el lazo —le dijo Jan más tarde, mientras comían salchichas bajo el haya—. Iré a visitarte durante las vacaciones. Mientras tanto, puedes ir practicando nudos con él.

—De acuerdo —aceptó Sven. Aunque sospechaba que ese plan no funcionaría.

Luego llegó el día en que, por última vez, se sentó entre Julia y Jan en clase. A espaldas de la profesora, mordisqueaba su bocata y hacía muecas, hasta que Julia se echó a reír.

—La mitad del tiempo estás en las nubes y la otra mitad no haces más que tonterías —le regañó la profesora—. En Berlín, tus compañeros estarán encantados contigo.

Y por fin llegó el día en que Sven se acostó por última vez en la cama de su pequeña habitación. Miraba la silla roja en la que tantas veces se había acurrucado y las demás cosas que debían quedarse en Múnich. Intentaba fijarse bien en todo para no olvidar nada. Por aquel entonces, su padre ya había vendido «Villa Diminuta», nombre con el que él solía llamar a su casa.

Un nuevo hogar

EL viaje en coche hasta Berlín duró una eternidad. Naturalmente, Sven volvió a marearse porque iba leyendo tebeos. Su padre lo regañó y su madre le dio Coca-cola para que no devolviera.

Berlín era bastante grande y tenía un aspecto gris. La casa de la abuela estaba en el centro de la ciudad. Carecía de jardín. En cambio tenía muchas habitaciones con techos muy altos y estaba llena de cruces de pasillos. Por todas partes colgaban cuadros de estrechos marcos dorados, en los que se podían ver extraños paisajes. La abuela había sido pintora.

—¡Qué cacharros más horrorosos! —exclamó el padre de Sven—. Los vamos a llevar todos al desván para que no nos provoquen pesadillas. ¡Sabe Dios por qué pintaba la vieja bruja estas cosas!

—¡Hermann! —protestó la madre de Sven. No le gustaba nada que su marido hablara de ese modo.

Al día siguiente, cuando Sven volvió de su nuevo

colegio, ya no colgaban de las paredes los cuadros de la abuela, sino las fotos y los cuadros de sus padres. Debía de haberlos colocado su padre antes de irse a trabajar a su nueva oficina.

—¿Qué tal te ha ido en el colegio? —le preguntó su madre.

—Bastante bien —dijo Sven.

En realidad, el nuevo colegio era horrible. La profesora le había preguntado su nombre y sus aficiones, y cuando quiso explicar por qué le gustaba coleccionar piedras, un niño gordo empezó a reírse y cuchicheó tan fuerte que todos pudieron oírlo:

—Svensito, cerdito.

Aunque sólo fue una tontería, y para nada graciosa, la clase entera se partió de risa. Sven estaba sentado en la primera fila, al lado de ese estúpido niño gordo que se llamaba Alex y no dejaba de sonreírle irónicamente, de soslayo.

Durante el recreo, ninguno de sus nuevos compañeros habló con él. Se armó de valor y preguntó a una niña por el cuarto de baño. Se llamaba Ada, y a pesar de que le pareció la más agradable de todos, también lo llamó «Svensito, cerdito», y siguió andando sin más.

Sven se alegró de que por fin hubiera terminado su primer día de colegio en Berlín y pudiera subirse al autobús escolar.

—Ya te acostumbrarás al nuevo entorno —le dijo su padre aquella noche—. Los niños se adaptan enseguida.

—Pues yo no lo haré —aseguró Sven.

Y, efectivamente, no lo hizo. Cada día odiaba más el colegio. Los niños seguían riéndose de él en cada ocasión que se les brindaba. No creía posible hacer amigos. Se daba cuenta de que sus compañeros quedaban para verse por la tarde o, si alguno cumplía años, invitaba a los demás a su fiesta, pero a él no le preguntaban si quería ir.

En cuanto terminaba de comer y hacía los deberes, las tardes se le hacían eternas y aburridas. Su madre estaba ocupada en el ordenador y sus pitidos hasta la noche, trabajando en ese interminable libro infantil, y a su padre sólo lo veía en el desayuno, porque en su nueva oficina debía ser especialmente eficiente al principio.

«Ser rico es francamente maravilloso —ironizó—. Antes, al menos mamá y papá tenían tiempo para jugar conmigo.»

—Un chico tan mayor como tú seguro que podrá entretenerse solo —le había dicho su padre.

¡Claro, cuando los padres quieren algo de uno, eres mayor; pero cuando es uno el que quiere algo, todavía eres demasiado pequeño para ello!

Así que, generalmente, Sven pasaba las horas en su bonita habitación nueva, ordenando su colección de piedras y esperando a que transcurriese el tiempo para que le dejasen ver la tele. O se entretenía vaciando el maletín de la abuela para luego volver a ordenarlo. Por alguna razón, su abuela había dejado escrito en el testamento que su maletín fuera para él. Pero allí no había más que tubos de pintura medio vacíos y pringosos, un frasco de disolvente y algunos pinceles con los que Sven no podía hacer gran cosa, ya que, aunque su abuela siempre quiso que le siguiera los pasos, a él no le gustaba pintar.

De vez en cuando telefoneaba a Jan y a Julia. Eran conversaciones tristes. Sus amigos le contaban todo lo que hacían y él no tenía gran cosa que decirles, porque desde su traslado no podía hacer absolutamente nada.

En Múnich habría trepado tranquilamente por cualquier tapia y habría hecho tonterías en cualquier jardín hasta que algún conserje le llamara la atención o lo echara. En Múnich le dejaban subirse a todas las tapias, con tal de que no se acercara a la de su vecino el loco. Contaban que, a veces, por las noches, este hombre salía en pijama por su parcela exhibiendo una vieja escopeta. En realidad, el padre de Sven nunca había visto semejante espectáculo, pero no se fiaba de aquel loco; ni un pelo.

Sin embargo, en Berlín, todo le estaba prohibido. No había más que casas, carreteras y coches, y sus padres no le permitían salir solo. Ni siquiera podía montar en bici, a no ser que su madre lo acompañara. El único camino que sus padres le creían capaz de recorrer solo eran los escasos metros que separaban su casa de la parada del autobús escolar. Pero incluso allí había un semáforo.

Cuando, después de unos días, Sven ya había ordenado todas las piedras, empezó a explorar la vieja casa de arriba abajo. Lo que más le gustaba era subir al desván, que la abuela había convertido en taller de pintura. Era una habitación tremendamente grande, muy mal caldeada y con cuatro enormes ventanas inclinadas por las que entraba la luz. El parqué, con sus pegotes de pintura seca, parecía salpicado de confeti. Por todas partes había misteriosas cajas cerradas, marcos, rollos de lienzo, estanterías con tubos de pintura, lámparas de pie con pantallas de pergamino y decenas de cuadros grandes. En un rincón había una pequeña puerta tapizada que nadie sabía lo que encerraba, pues no habían encontrado ninguna llave para abrirla. El padre de Sven opinaba que detrás sólo había un viejo trastero, y por eso había colocado delante de la puerta aquellos cuadros, a los que llamaba viejos cacharros.

A Sven le gustaban los cuadros de la abuela. Al mirarlos, uno se podía imaginar caminando por todos aquellos paisajes extraños y viviendo emocionantes aventuras.

Un buen día, mientras los contemplaba una vez más, y se aburría, se le ocurrió una idea: se construiría una cabaña secreta con los cuadros, una especie de castillo de naipes gigantesco en el que se podría vivir de verdad. En Múnich había tenido su cabaña sin terminar en las ramas del haya, y le había servido de escondite, pero, naturalmente, aquí no podía contar con algo así. Claro que, si se construía una cueva sólo para él, eso era mejor que nada.

Escogió cuidadosamente los cuadros que le parecían más adecuados para hacer de paredes y techo de su castillo de naipes: el cuadro del mar y las dunas, el de la ciudad rara y siniestra, el del desierto, el grande de la jungla, y el bodegón que mostraba una estantería con alimentos y frascos de conservas. Sven se imaginó que tenía una estantería de verdad con provisiones.

Cuando las paredes del escondite, sujetas por varias cajas desde fuera, estaban firmes, por fin pudo colocar un cuadro que hiciera de techo: en él se observaba una habitación de color turquesa con ventanas de marcos blancos, a través de las que se veía una especie de niebla de color turquesa. En realidad era un cuadro aburrido, pero a Sven le gustaba el color turquesa. Se imaginaba que aquel techo era el cielo de Múnich cubierto de nubes justo después de amanecer.

Cubrió el suelo de su escondite con una alfombra que olía a humedad. Luego, tiró de la lámpara de pie más pequeña que encontró hasta meterla dentro, y la enchufó. Ya tenía hasta luz, y la bombilla podía calentar su cabaña. Sven estaba bastante satisfecho de su casita. Sólo le faltaban unos libros y tebeos, tal vez también su gramófono, su colección de piedras y el maletín de pintura de la abuela, para que su nuevo refugio fuera perfecto.

Aquella noche, cuando se fue a la cama y su madre le dio las buenas noches, por primera vez desde que se habían mudado a Berlín no sintió ganas de llorar.

Regreso a «Villa Diminuta»

AL día siguiente, un domingo lluvioso, ocurrió algo extraordinario. Los padres de Sven se habían ido a visitar a unos conocidos y él, después de desayunar, se había metido en su nueva casa de cuadros. Había encendido la lámpara y llevaba un rato hojeando un tebeo cuando vació el maletín de pintura. Imaginó que, como siempre había deseado su abuela, era un pintor famoso. Cogió un pincel pequeño, de mango negro y pelo muy suave, y repasó con él —naturalmente sin pintura— las líneas del dibujo que mostraba el cuadro de la estantería y las provisiones.

De repente escuchó un ruido seco, como si algo se hubiera caído al suelo. Apartó el pincel y escuchó atentamente. Pero, como suele ocurrir en estos casos, ya no se oía nada. Puesto que no tenía nada mejor que hacer, se quedó sentado y afinó el oído. Y de repente volvió a escucharlo. Esta vez estaba seguro de que el ruido procedía del bodegón con que había construido la pared izquierda de su refugio. De nuevo volvía a oír el misterioso ruido en el cuadro: sonaba como si algún objeto de la estantería se hubiera caído rodando al suelo.

Sven se arrimó al cuadro. Creía reconocer algo así como dos manzanas secas en el suelo pintado. No recordaba haberlas visto antes. Además empezaba a notar algo raro en el aire: un olor agrio, a vino y a fruta y patatas enmohecidas. Con cuidado, extendió su mano hacia el cuadro.

Pero, al llegar al rugoso lienzo sobre el que hacía un momento había pasado el pincel, sus dedos no se detuvieron, sino que siguieron adentrándose, desapareciendo en las profundidades del cuadro sin que él sintiera el más mínimo dolor. Parecía que le habían cortado la mano por la muñeca, como cuando la sumerges en una pasta densa y dejas de verla. Asustado, gritó y empezó a retirar poco a poco su mano. A medida que la apartaba del lienzo, iba haciéndose visible. Su mano estaba completa y él se sentía normal.

En la película *Mary Poppins*, Sven había visto que uno podía saltar a un cuadro y aterrizar en un paisaje de dibujos animados donde uno se divertía mucho y todos cantaban a todas horas. Pero, claro, eso era sólo un cuento para niños pequeños. De todas formas, él había oído el ruido de las manzanas al caer, seguía notando ese extraño olor y su mano, sencillamente, se había evaporado al contacto con el cuadro. Su padre solía llamar vieja bruja a la abuela, pero nunca se sabía cuándo hablaba en serio.

Se puso de pie con cuidado para no golpearse con el techo de color turquesa y probó de nuevo, aunque ahora con el pie. El truco volvió a funcionar: como si lo hubiera hundido en aguas turbias, su pie desapareció en el cuadro hasta la altura del tobillo. Y antes de que Sven pudiera reaccionar, perdió el equilibrio, tropezó y aterrizó en el interior del cuadro, en un suelo de madera.

Asustado, miró a su alrededor. Parecía haber caído dentro de una despensa grande y oscura. La poca luz existente provenía del cuadro que estaba apoyado en una pared, al fondo de la despensa. Mostraba parte del refugio que él mismo se había construido con los cuadros y la pequeña lámpara de pie, donde hacía un momento había estado sentado. Pero ahora todo parecía plano, como si estuviera en un lienzo.

Sven era un chico muy sensato. Sabía muy bien que uno no puede meterse en cualquier habitación desconocida con sólo atravesar un cuadro. Y también sabía que, si alguna vez le ocurriera algo tan impensable, haría bien en volver cuanto antes, beberse una Coca-cola y olvidar toda la historia.

Enseguida probó con su dedo índice si el truco funcionaba en sentido opuesto. El dedo desapareció: su camino de regreso estaba abierto.

Claro que Sven también era un niño muy curioso. «No debería desaprovechar una ocasión como ésta —se dijo—. Comprobaré rápidamente lo que ocurre con esta despensa y luego, atravesando el cuadro, vuelvo otra vez al taller de la abuela.»

Se levantó con cuidado, porque también a este lado del cuadro el espacio era reducido. No había mucho que ver: de las maderas de la estantería colgaban telarañas; al lado de los frascos de conservas había algunos cartones reblandecidos por la humedad; a sus pies estaban las dos manzanas arrugadas cuyo ruido había debido de oír al caerse del estante; y unas puertas grandes entreabiertas. Decidido, las abrió de un empujón y salió a un sótano. Allí lo esperaba otra sorpresa. Porque Sven conocía muy bien aquel sótano: era el de su vieja casa de Múnich, en el que aún había algunas cajas de cartón de la mudanza y un frigorífico desenchufado.

—¡Villa Diminuta! —exclamó—. ¡Esto es realmente fantástico!

«Fantástico», era la palabra más majestuosa que él conocía. Sintió que su corazón empezaba a latir acelerado. Miró hacia atrás, a la despensa, donde un rayo luminoso le indicaba el camino de regreso a la casa berlinesa a través del cuadro. Todo hacía pensar que nada cambiaría en los próximos minutos.

«No estaría de más que subiera a echar un vistazo a nuestras viejas habitaciones —pensó—. Pero debo evitar hacer ruido, para que nadie me pille.»

Así que abrió con cuidado la puerta del sótano y echó una mirada a la escalera. Aparte de su propia respiración, no se oía nada; sin embargo, no se atrevió a encender la luz. De puntillas, se deslizó escaleras arriba hasta el recibidor. También allí estaba oscuro; sólo se apreciaba la escasa luz del anochecer que entraba por las ventanas.

«Qué extraño —se sorprendió—. Antes de tropezar y caer al interior del cuadro ni siquiera era mediodía.» Nunca hubiera imaginado que en Villa Diminuta pudiera reinar tal mutismo. No se oía ni un solo ruido: los radiadores, que día y noche sonaban estrepitosamente, ahora guardaban un silencio completo. Ni siquiera se escuchaban los continuos crujidos de las vigas de madera que tanto miedo le habían hecho pasar y que él se temía que eran provocados por fantasmas o algo por el estilo. Claro que, entonces, era bastante más pequeño.

De todas formas, se sentía incómodo en la silenciosa y oscura casa. «No seas gallina», se decía, pero, aun así, su valor no aumentaba. Con mucha, mucha cautela, bajó la manija de la puerta que daba a la salita y entró en la habitación que tan familiar le era. Allí solían estar sentados a la hora de la cena como una familia de verdad. Sólo que eso era antes, cuando su padre todavía no era rico y no tenía que trabajar tanto.

La sala estaba silenciosa, oscura y vacía, con excepción de un teléfono gris al que curiosamente le faltaba la rueda de marcar los números y de un sillón orejero muy estropeado del que habían prescindido al hacer la mudanza. De pronto, Sven dio un respingo y contuvo la respiración: allí, sentado en el sillón, semioculto por el alto respaldo, había un hombre que aparentemente se había dormido leyendo el periódico. Sven no lo había visto nunca.

Era corpulento y delgado, medio calvo y con una barba negra y picuda. Se parecía al señor Heinz, su nuevo conserje en Berlín. El señor Heinz se encargaba de que la acera de delante de la casa estuviera siempre curiosa y de que los niños no jugaran al fútbol; además se encargaba de la calefacción. Pero, desgraciadamente, aquél no era el señor Heinz. El señor Heinz nunca se hubiera puesto un uniforme, y aquel hombre llevaba uno negro con una fila de botones relucientes y con galones que le recordaban a los que solían llevar los directores de circo o los policías. Aquel hombre daba la impresión de haberse vestido para un baile de disfraces.

Sven sabía que, por regla general, a los adultos no les hace ninguna gracia que un niño desconocido los despierte en su propia casa. Y también sabía que, como no les hace ninguna gracia, en algunos casos pueden llegar a ser bastante desagradables. Por eso se dio media vuelta muy despacio y, a hurtadillas, se dirigió al recibidor.

«Si éste no es el señor Heinz —se dijo—, y yo estoy bastante seguro de que no lo es, entonces tiene que ser o el nuevo propietario, o el loco de al lado. Y, si es el nuevo propietario o el loco de al lado, voy a tener grandes problemas.»

—Te estoy viendo —se oyó en ese preciso momento una voz muy parecida, pero sólo eso, muy parecida a la del señor Heinz—. No vayas a creer que no te he visto.

Sven sentía los latidos del corazón en la garganta. Se dio la vuelta lentamente, pero el hombre seguía inamovible en su sillón, con los ojos cerrados y como dormido sobre su periódico. «Han debido de ser imaginaciones mías», pensó, y se giró de nuevo hacia el recibidor.

—No, no lo han sido —dijo la voz.

Sven volvió a girarse, y esta vez el hombre que se parecía al señor Heinz tenía los ojos muy abiertos. Eran unos ojos tan negros como unas canicas de granito que él tenía en casa.

—¿Es usted el señor Heinz? —preguntó apocado.

—Ya me gustaría que así fuera —dijo el hombre, y bostezó largamente—. El señor Heinz se encarga de casas habitadas y de niños maleducados. Yo sólo soy el señor Nelson, y me ocupo de las casas olvidadas.

—Perdone —se disculpó Sven. No sabía muy bien por qué estaba pidiendo perdón, aunque creía que siempre era aconsejable pedir perdón de entrada a los adultos.

El señor Nelson no dijo nada. Sólo seguía sentado en el sillón y miraba a Sven desde la oscuridad de la noche, que cada vez iba siendo más cerrada, con esos ojos negros como el granito.

—Ésta fue una vez nuestra casa —explicó el chico con prudencia—. Mi padre la ha vendido.

El señor Nelson gruñó algo incomprensible, echó la mano a un lado del sillón y tiró de una cuerda. Se oyó un clic y se encendió una bombilla que colgaba del techo, justo en el lugar donde antes estaba la lámpara de cristales de colores. El periódico se le había caído del regazo, de forma que se podía ver que había marcado algunos anuncios en rojo.

—Es posible —dijo—. Pero te aseguro que ahora es una casa abandonada y olvidada.

—¿Y si alguien la ha comprado? —repuso Sven, que

poco a poco, desde que la bombilla desnuda iluminaba tímidamente la habitación, iba cogiendo confianza.

—Eso no tiene nada que ver. Cuando una casa es vendida, a veces enseguida la habita gente nueva. Entonces permanece como casa habitada. Pero otras veces no se va nadie a vivir a ella, y, después de un tiempo, se convierte en una casa olvidada. Yo tengo que vigilar las casas olvidadas.

—Acércate para que no tenga que gritar tanto —le pidió luego, aunque hasta entonces no había subido para nada la voz—. Es de mala educación obligar a la gente a que grite.

Sven dudó, pero finalmente dio un paso adelante. Sus padres le habían dicho cientos de veces que no debía seguir las indicaciones de personas desconocidas, porque podían pasarle cosas horribles e insospechadas. Pero él era bastante curioso, y aquel hombre no daba la impresión de ser peligroso.

—¿Por qué tiene usted que vigilar una casa olvidada?

—Porque una casa olvidada, si nadie la vigila, poco a poco desaparece. Es obvio. Me pregunto qué os enseñan a los niños de hoy día en el colegio.

—Eso no me lo creo —saltó Sven con descaro—. Yo nunca he visto desaparecer una casa. Las casas no pueden desaparecer así como así.

—Eso sólo demuestra lo importante que es que estas casas estén bien vigiladas —manifestó el señor Nelson.

No había nada que discutir, aunque Sven seguía opinando que todo aquello sonaba del todo falso.

En ese momento sonó el extraño teléfono, que no tenía su rueda para marcar los números y estaba en el suelo, al lado del sillón. El señor Nelson descolgó con pereza, contestó un atropellado «¿Sí?» y se quedó escuchando con el ceño fruncido al que le hablaba desde el otro lado de la línea.

—Yo no soy responsable de nudos —dijo después de un rato—. Se ha equivocado de número.

Y colgó. Sven, que tampoco se sentía responsable de nudos, y quería regresar al taller de su abuela, había aprovechado el momento para irse y ya casi llegaba al recibidor.

—No te crees lo de las casas olvidadas, ¿verdad? —le preguntó el señor Nelson y, suspirando, se levantó de su sillón—. Pues, en ese caso, voy a enseñarte algo.

—Bueno, no sé... —dudó Sven, un tanto inquieto y dando un paso atrás—. Creo que ahora debo irme a casa.

—No tengas miedo —dijo el señor Nelson oprimiendo un bostezo—. Me gustan los niños, ¿lo sabías? Me gusta ocuparme de ellos.

Mientras decía estas palabras, abrió la puerta de la terraza y, sin mirar hacia atrás, salió al jardín, que estaba oscuro como la boca del lobo. Sven se quedó pensando. Una de las reglas más importantes para un chico de doce años era que, cuando un señor desconocido quería enseñarle algo, debía salir escopetado, cuanto antes y en dirección contraria. Pero, al fin y al cabo, aquel jardín y su cabaña habían sido realmente suyos; además, en caso necesario, él era bastante rápido corriendo.

Cebras diurnas y cebras nocturnas

SVEN siguió al señor Nelson a una distancia prudencial. El jardín parecía ennegrecido; la niebla lo envolvía. Las ventanas del salón reflejaban turbios rectángulos de luz en la terraza y en el césped, humedecido por la escarcha. Aunque no se movía el aire, hacía bastante fresco. Sven tenía que apresurarse a volver a casa; de lo contrario, sus padres llegarían antes que él y empezarían a preocuparse.

El señor Nelson se había acercado al haya de la cabaña sin terminar, y señaló la tapia roja, que vagamente se vislumbraba. Aún se podía distinguir la chirriante puertecilla que Sven y sus amigos no solían utilizar.

—¿Ves esto? —preguntó.

—¿Qué es lo que tengo que ver? —le respondió Sven—. Hay niebla y está oscuro. Apenas se puede ver la casa del loco.

—Precisamente a eso me refería. Si tú apenas puedes ver ya su casa, él tampoco podrá ver la tuya. Con el tiempo, estas cosas empeoran, y finalmente tu casa habrá desaparecido y será olvidada.

«¡Qué tontería! —pensó Sven—. Debería ponerme en camino a mi casa.»

—Crees que esto no tiene mayor importancia, ¿verdad? —le reprochó el señor Nelson—. Crees que, si la gente vende su casa así como así, allá ellos si luego se convierte en una casa olvidada, ¿no?

—No, eso no es lo que creo —aseguró Sven, que no tenía ninguna opinión sobre el tema. Poco a poco, aquel hombre tan raro le iba inquietando con sus extrañas historias.

—¡Menos mal! Porque, con esa clase de opiniones, este lugar pronto reventaría. ¿Has pensado alguna vez en ello?

Sven negó con la cabeza. A él no le daba la impresión de que aquel lugar fuera a reventar. Pero realmente parecía como si detrás de la tapia no hubiera nada más que niebla y un oscuro vacío.

—Pues deberías pensar en ello —prosiguió el señor Nelson—. ¿Qué crees que ocurre con los miles de cosas olvidadas? ¿Piensas acaso que se esfuman en el aire? Porque no es eso lo que hacen. Antes de desaparecer, vienen a parar aquí, y atascan el lugar. Y no es un plato de buen gusto para alguien como yo, que se responsabiliza de estos temas. ¡Puedes creerme!

—Pero entonces, antes de que atasquen el lugar, ¿por qué sencillamente no deja que las cosas desaparezcan? —preguntó Sven algo desconcertado.

—¿Crees que a uno le pagan para que conserve las cosas olvidadas, y luego las deje simplemente desaparecer?

—Bueno, creo que ahora me tengo que marchar.

Sven, decidido, se dirigió de vuelta a la casa. En ese momento se escuchó un crujido detrás del haya y una cebra asomó su cabeza entre las ramas.

—¡Sofía! —exclamó el señor Nelson—. ¿Ya te has despertado? ¿Pero de verdad es ya tan tarde?

La cebra, muda, lo miraba con los ojos humedecidos.

—¡Esto no puede ser! —protestó Sven sorprendido—. ¡Pero si aquí no ha habido nunca ninguna cebra! Las cebras únicamente están en el zoo.

—Estás muy equivocado —dijo el señor Nelson, y acarició los suaves belfos de Sofía—. En primer lugar, ésta no es una cebra cualquiera, sino la cebra nocturna Sofía. Y, en segundo lugar, aquí siempre ha habido una cebra. Tú mismo la llevas en tu bolsillo si no me equivoco.

Atónito, Sven metió su mano en el bolsillo y tocó un objeto blando. Cuando se acordó de qué era aquello, se puso rojo como un tomate. Por suerte no se notó en la oscuridad. Tímidamente sacó el animalito de peluche y lo giró de un lado a otro en su mano. Un chico tan mayor como él ya no tenía cosas así.

—Esto es sólo una absurda cebra de peluche —reconoció—. Estaba tirada en mi habitación, la cogí y me la metí en el bolsillo. Antes se llamaba Conrado. Es de cuando yo era todavía muy pequeño.

—Te has vuelto a equivocar. Esto no es un animal de peluche, sino una cebra diurna de lo más normal. Y tampoco se llama Conrado, sino cebra diurna. Se utiliza para cambiar de profesión. Por ejemplo, si se quiere ser conserje, o policía de los que les prohíben a los niños maleducados jugar al fútbol, es una ventaja practicar antes con una cebra diurna. ¡Desde luego, no sabes mucho del mundo!

La cabeza de Sven empezó a dar vueltas. Un animal de peluche no tenía nada que ver con una cebra de verdad; daba igual cómo se llamara o para qué se utilizara. El chico empezaba a sentir frío, y además tenía que irse a casa. ¡Pero le parecía tan emocionante tener una cebra de verdad en su viejo jardín!

Entre tanto, el señor Nelson había ido a la caseta de herramientas que había junto a la tapia. Los padres de Sven siempre habían guardado allí la manguera y el cortacésped, pero ahora contenía heno. El señor Nelson empezó a extender un haz delante de la cebra Sofía, que se iba acercando cuidadosamente, y explicó:

—Éste es el problema de las cebras nocturnas. Uno no debe olvidarse de darles de comer. A las cebras nocturnas hay que dedicarles mucho tiempo. Así que no se puede ni pensar en perfeccionamientos profesionales.

Sofía comía gustosa. El señor Nelson le dio unas palmaditas en el costado y dijo:

—¿Sabes cuál es el otro problema? Las cebras nocturnas sólo se despiertan por la noche. Con ellas no se puede trabajar en la conserjería, ya que durante el día hay que dormir. Eso es muy incómodo, porque, mientras uno duerme, los demás leen el periódico y eligen los mejores anuncios.

Sven le dio a Sofía unas palmaditas en el cuello. Su pelo era suave y cálido. Sofía sólo levantó la cabeza y resopló un poco, para luego continuar rumiando el heno.

—¿Quieres que te diga la verdad? —dijo el señor Nelson, en voz baja y con ojos luminosos y negros como el granito—. Si te he de ser sincero, preferiría mil veces una cebra diurna como la que tú tienes. Podría volver a dormir durante la noche, mientras vigilo las casas olvidadas, y durante el día podría ocuparme de la cebra y de buscar un trabajo mejor.

—Yo preferiría tener una cebra de verdad —admitió Sven, que no podía dejar de acariciar el cálido y suave cuello de Sofía—. En vez de un absurdo animal de peluche.

—Ya te he explicado que éste no es un animal de peluche, sino una cebra diurna —insistió el señor Nelson. De repente, su voz sonó monótona y fría—. Claro que, ahora que es de noche, se parece un poco a los animales de peluche. Eso lo saben todos los niños. ¿Acaso piensas que las cebras nocturnas, durante el día, o cuando les da la luz, no se parecen a un animal de peluche?

—Esto es un absurdo animal de peluche para bebés —opuso Sven, terco, mientras levantaba a Conrado con su mano—. Y esto de aquí —añadió golpeando de nuevo el cuello de Sofía—, esto es una cebra de verdad.

—Bueno —aceptó el señor Nelson con astucia—, si tan seguro estás, podemos cambiarlas. Tú te quedas con Sofía y yo me quedo con tu cebra diurna.

Ante tan increíble propuesta, Sven se quedó de piedra un instante. Pero luego pensó que en este asunto tenía que haber alguna pega. Ninguna persona en sus cabales querría cambiar una cebra de verdad por un animal de peluche ajado, a menos que ese alguien supiera algo, de lo que mejor sería enterarse.

—¿Y qué dirán mi madre y mi padre si aparezco con una cebra?

—No hay problema, no hay problema —aseguró el señor Nelson, que miraba fijamente a Conrado. Su cara reflejaba ansiedad—. Sólo nosotros dos sabemos que Sofía únicamente se convierte en una cebra de verdad por la noche. Tus padres nunca se enterarán. Así que puedes hacer el cambio tranquilamente.

—No sé...

Sven se sentía bastante confuso. Toda esta historia del regreso a su antigua casa a través del cuadro, por el sótano, ya era de por sí bastante desconcertante. No le costaba ningún esfuerzo desprenderse de Conrado. Pero no tenía la menor idea de lo que ocurriría si de verdad apareciera con una cebra de carne y hueso en el desván de su casa. Claro que, ¿no tenía Pipi Calzaslargas un caballo en la terraza?

—Puedes venir a visitarme cuando quieras, y anularemos el trato —añadió el señor Nelson.

—Bueno, vale —aceptó Sven, y le entregó a Conrado, aunque seguía sintiéndose incómodo—. Pero ahora tengo que irme.

—Claro, claro que tienes que hacerlo. No te preocupes, Sofía te seguirá en cuanto haya apagado la luz.

Sofía dejó de masticar, levantó la cabeza y miró a Sven con sus tiernos ojos oscuros. El señor Nelson se había acercado hasta el salón para apagar la triste bombilla. Luego, Sven se puso en movimiento, y, temblando de frío, entró en la oscura casa. Cuando iba bajando a tientas por las escaleras del sótano, escuchó las pisadas de Sofía a sus espaldas.

—Vuelve a visitarme —gritó el señor Nelson desde el recibidor—. Ven a cualquier hora. ¡Ven siempre que quieras!

—Lo haré —le contestó.

Abrió las puertas de la despensa de par en par, para que Sofía no se golpeara. En la pared del fondo seguía estando el cuadro que reproducía su pequeño refugio en el taller de la abuela. Sofía resopló un poco. Sven se agachó e introdujo un pie en el cuadro. Le desapareció hasta el tobillo. Entonces, armándose de valor, dio un brinco hacia adentro y se golpeó la cabeza con el cuadro con el que había construido el techo de su cueva. Aunque no sabía cuánto tiempo había durado su aventura, a través de las claraboyas pudo ver que aún era de día. Se volvió hacia atrás. En el cuadro de la despensa, las latas de conservas y los frascos ahora parecían planos y sin vida. Delante del marco, junto al foco de la lámpara encendida, había una cebra de peluche.

—Apostaría a que eres Conrado —dijo en voz baja. El animal de peluche no dijo nada, y tampoco soltó ningún resoplido. Claro que no era de extrañar.

—¡Sven! —oyó la voz de su madre llamándolo desde abajo—. Sven, ¿dónde te has metido? ¡Ya hemos vuelto! ¡Baja a comer!

—¡Sí! —gritó, y corrió escaleras abajo.

Dejó encendida la lámpara de pie para que al día siguiente no hiciera tanto frío. Por la tarde jugaron al *Monopoly* y vieron la televisión como cualquier otro domingo. Por la noche, Sven tenía tanto sueño que no se acordó de su cebra nocturna, y se durmió enseguida.

Visita al Desierto Interior

AL día siguiente, no le fue muy bien en el colegio. Alguien había dejado un chicle usado en su silla y Sven se sentó justo encima. Al darse cuenta de la tragedia, se levantó de un brinco para quitarse aquella asquerosa masa pegajosa de su pantalón, y su silla cayó al suelo con gran estrépito. La señora Hartel, su tutora, comenzó a regañarlo mientras todos sus compañeros de clase se partían de risa.

Aunque él no tenía nada que ver con aquel chicle —seguro que había sido otra de las ideas de Alex el gordo—, la señora Hartel actuaba como si hubiese interrumpido la clase a propósito. Como castigo, le mandó hacer una página más de ejercicios de matemáticas para el día siguiente.

—A ver cuándo dejas de comportarte como un niño de parvulitos —le dijo—. O estás pensando en las musarañas o haces el payaso. Tendré que ir a hablar sobre ti con el señor Baierlein.

El señor Baierlein era el director del colegio, y se tomaba las cosas muy en serio; al menos eso decía la señora Hartel, quien no parecía haber tenido un buen fin de semana.

Después de la comida de medio día, Sven terminó los deberes, incluido ese absurdo trabajo de castigo. Luego, subió las escaleras hasta el desván y se metió en su refugio. Como la lámpara seguía encendida desde el día anterior, no hacía frío. La cebra nocturna Sofía continuaba tumbada a la luz de la lámpara y parecía un animal de peluche.

Sven se sentó a su lado y hojeó un tebeo. Pero, poco después, no podía contenerse las ganas por más tiempo: tenía que probar, sin demora, si el truco con el cuadro de la despensa seguía funcionando.

El truco no funcionaba en absoluto. Sus dedos no iban más allá de palpar el lienzo y las irregularidades de la pintura.

«Bueno, pues nada —se dijo—. Será que me lo he imaginado todo.»

«¡No lo he imaginado! ¡Sólo que ayer lo hice de otra manera!»

Al igual que el día anterior, cogió el pincel del mango de madera negro y lo pasó por la superficie del cuadro. Esta vez, el truco funcionó. Pero no del todo: cuando puso la mano sobre el lienzo, no sentía el tacto de la tela pintada, pero tampoco sus dedos desaparecieron sin más en el mundo de los cuadros, sino que chocaron con algo resistente e invisible —como si se hubiera tensado la goma de un globo y detrás del cuadro hubiera ahora una piel transparente—. Cedía al apretar con los dedos, y seguramente se hubiera roto apretando con fuerza, pero tenía un tacto tan asqueroso... Sven recordó con desagrado la sensación que había experimentado por la mañana, cuando intentó quitar el chicle, y retiró rápidamente la mano.

«¿Qué habré hecho distinto hoy?», se preguntaba.

Iba pasando las hojas de su tebeo sin prestarles atención. Naturalmente, no existía ningún mundo tras los cuadros. Sin embargo, estaba casi seguro de que el día anterior él había visitado un mundo distinto, y ahora no encontraba la forma de averiguar si en el taller de la vieja bruja podía haber más cuadros que abrieran las puertas a otros mundos. Como, por ejemplo, el cuadro del desierto que tenía detrás, y que mostraba unos huesos descoloridos. Al observarlo, a Sven le parecía estar mirando por una ventana abierta de par en par. Casi podía percibir el asfixiante calor que brillaba y vibraba por encima de la arena.

Únicamente tuvo que pasar el pincel de la abuela sobre el lienzo para que, de nuevo, sus dedos, y también el pincel, desaparecieran como si alguien los hubiera cortado. No sentía ni el lienzo ni el tacto del globo. Sólo había un cuadro del que parecía haber nacido medio brazo sin mano ni dedos. Y, antes de pensárselo dos veces, ya había pasado al otro lado.

La arena le cayó sobre las deportivas al pisar el suelo del desierto. Tras él se elevaba el ya familiar cuadro, que ahora enmarcaba una imagen de su cueva y del taller de la abuela. El sol, pálido, parecía no estar aún demasiado alto. Aunque Sven no sabía reconocer si en aquel lugar era primera hora de la mañana o última de la tarde, algo le decía que aquel sol era matutino. Inmensos sillares de color rojo, gris y marrón se erguían aquí y allá hacia un cielo pálido, proyectando extrañas sombras. El viento, cargado de arena, debió de modelar las montañas que seguramente hubo aquí hace muchos años. O tal vez fueran los restos de construcciones abandonadas hacía mucho tiempo. Con sus mellas, sus paredes y sus oscuras cuevas, parecían bloques de pisos derrumbados.

A lo lejos, semienterrado en la arena, yacía el montón de huesos que Sven había descubierto ya en el cuadro. «Probablemente se trata de los restos de un mastodonte o de un *Triceratops*», pensó. Pero aquello no era más que una bobada. Él sabía muy bien que no se podía ir por los desiertos encontrándose montones de huesos de dinosaurios. Además, si había de ser sincero, él no entendía demasiado de dinosaurios. Había oído esos extraños nombres a Jan y a Julia, y le gustaba utilizarlos a menudo porque a los adultos parecía emocionarles el hecho de que los niños se interesaran por los dinosaurios.

Entonces se dio cuenta de que no había ni rastro de un adulto al que pudiera parecerle emocionante que él se interesara por los dinosaurios. Seguramente aquello sólo eran restos de un animal gigantesco, y deseó de todo corazón que no hubiera ninguno vivo de semejante tamaño por allí.

Mientras, había llegado al montón de huesos descoloridos. Entre ellos descubrió un letrero de madera, en el que había algo escrito.

«¡Advertencia! —leyó—. ¡Acabas de entrar en el Desierto Interior!» Y debajo, en letras más pequeñas, alguien había escrito: «No te lo has pensado muy bien, ¿verdad?»

Sven no tenía una idea muy clara de lo que pudiera ser un desierto interior; así que no podía valorar hasta qué punto se lo había pensado. Justo delante del letrero de madera terminaba un sendero que pasaba entre las dunas y la rocalla. El sol proyectaba oscuras sombras de color verdeoliva sobre el desierto.

A lo lejos, al otro lado del sendero, se podía ver otro letrero en medio de otro montón de huesos. «Bueno, la salida al taller de la abuela está justo detrás de mí —pensó—. Por tanto, mientras siga el sendero, no me perderé.» Así que continuó andando por el polvoriento sendero, adentrándose cada vez más en el desierto. Mientras caminaba, se imaginaba que iba por una playa muy, muy ancha que finalmente, tras el horizonte, terminaba en un océano muy, muy azul con playas muy amplias. A Sven le encantaban los océanos y las playas anchas.

Pronto llegó al segundo letrero.

«¡Cuidado! ¡Los espejismos andan sueltos!», ponía. Y, en letra pequeña: «Por cierto, un desierto interior es lo contrario de un desierto exterior, sólo que siempre te quedas a este lado del horizonte».

«Esto tampoco me es de gran ayuda», pensó Sven, y miró desconcertado a su alrededor. Por todas partes se extendían majestuosas dunas, entre las que el viento había creado torres de arena roja. A lo lejos descubrió el resquebrajado cauce de un río que debía de estar seco desde hacía tiempo.

«A eso se le llama *wadi*», se dijo, y se sintió orgulloso de identificar el nombre con el que los árabes denominan los cauces. Pero estaba un poco desilusionado: aparte de los dos letreros y los montones de huesos, no se veía ninguna curiosidad, ni una frontera, ni una meta. Y, por supuesto, tampoco había indicios del espejismo viviente del que le había advertido el letrero.

Estaba seguro, porque él sabía perfectamente lo que es un espejismo: una ilusión óptica al proyectarse el aire caliente que está en contacto con el suelo, y que nos hace ver palmeras y un oasis, y hasta algún que otro camello. Su padre y su madre, que, desde que estuvieron de luna de miel en el desierto se creían expertos en el tema, se lo habían contado infinidad de veces. Sven también sabía que lo peor que puede hacer una persona sedienta en el desierto es confundir un espejismo con agua de verdad e ir corriendo hacia él. Y, como era un chico listo y muy prudente, se dio media vuelta y se puso en camino hacia el primer letrero, detrás del cual lo esperaba su salida a casa.

¡Lo había estado esperando! Porque, cuando llegó al final del sendero, no quedaba ni el más mínimo rastro del cuadro que pudiera llevarlo de vuelta al taller de la abuela. Sin embargo, en su lugar había un cartel.

«¡Atención! ¡Únicamente el último letrero lleva hacia la salida del Desierto Interior!» Y, en letra pequeña: «¿Te hemos dicho ya que no te lo has pensado bien al venir aquí?»

—¡Mierda! —exclamó Sven en voz alta y clara. Miró hacia atrás, al segundo letrero, y luego volvió a mirar al que tenía delante. Estaba claro que no había más que aquellos dos. Pero también estaba claro que el mensaje del primer letrero había cambiado; tan claro como que su puerta de vuelta había desaparecido. ¿Podía tratarse de un espejismo? Como era de esperar, el letrero era sólido y robusto.

«Quizá haya tres letreros pero sólo se pueden ver dos —se dijo—. Lo mejor será que vaya de nuevo hasta el otro y mire si puedo ver desde allí el primero.»

Así que de nuevo se puso en camino. Ahora los rayos de sol le parecían notablemente más cálidos, y las sombras bastante más cortas y de un color oliva menos oscuro. No estaba preocupado, porque, como chico experimentado de doce años que era, podía apostar algo a que los mensajes de los letreros era imposible que se cambiaran solos. Sin embargo, cuando por fin llegó al segundo letrero, leyó: «Indicación importante: ¡Esto no es una indicación!». Y, debajo, en letras pequeñas: «Rogamos a todos los visitantes del Desierto Interior no hagan caso de este tipo de indicaciones».

Sven suspiró profundamente y se sentó en el suelo. No tenía ni idea de cómo había ocurrido, pero parecía haberse perdido.

Entonces empezó a pensar en los consejos prácticos que había oído sobre aventuras en el desierto. Por ejemplo, que era posible orientarse por el sol. Pero eso no servía de mucho mientras no se supiera qué dirección había que seguir para ir a un lugar y mientras no se estuviera seguro de si se trataba del sol matutino o del sol vespertino. También se podía hacer un agujero en la arena, echar trozos de cacto y poner encima un plástico transparente para conseguir agua. Pero allí no había ningún cacto, y tampoco tenía a mano un plástico transparente. Desmoralizado, cogió uno de los huesos. Tenía un tacto cálido y limpio. «Lo ha debido de picotear un quebrantahuesos», pensó, y echó una mirada al cielo. No había ningún buitre a la vista, sólo el cielo. Hurgó entre los huesos; después entre la arena. Algo sonó a metal. Se paró de pronto y luego empezó a escarbar decidido. Allí, debajo de las costillas, había algo sólido e inmóvil enterrado. Apartó enérgicamente los huesos, y apareció una pequeña y arañada caja roja. Estaba sujeta a la parte inferior del letrero; el viento del desierto debió de enterrarla. En la caja ponía: «Parada de Autobús Escolar. Pulsar el timbre en caso de necesidad».

Aliviado, Sven limpió la arena y los trozos de hueso y abrió la tapa de chapa. En su interior había un botón blanco, bajo el cual se podía leer: «Botón de llamada para autobús escolar. La utilización ilícita no lleva a ninguna parte».

«Yo no voy a utilizarlo ilícitamente; lo utilizaré porque me he perdido y porque quiero preguntarle al conductor por el camino.» Y, pensando en ello, pulsó enérgicamente el botón.

Durante un rato no ocurrió nada, más que el sol seguía subiendo, las sombras desaparecieron y el calor era cada vez más intenso.

Por fin sucedió algo: a lo lejos, en el horizonte, se dibujó una nube de polvo que se acercaba describiendo unas curvas sorprendentes. Después de algún tiempo, Sven pudo oír un traqueteo y un ruido estrepitoso que cada vez era más intenso. Por fin pudo reconocer un camión increíblemente viejo y oxidado en dirección al letrero. Tras un chirrido espantoso y una explosión agonizante, el vehículo se detuvo a sólo unos pasos de Sven. Una nube de arena pasó acariciando las dunas.

En un lateral del vehículo ponía: «Autobús auxiliar», pero alguien lo había tachado y había escrito encima, con tiza roja: «Autobús escolar». Se abrió una de las ventanas, y por ella asomó un cráneo robusto con gorra de visera y gafas de sol que, ante el asombro de Sven, parecía el de un rinoceronte. Claro que era completamente imposible que un rinoceronte pudiera conducir un autobús escolar. Pero el conductor tenía incluso dos pronunciadas jorobas en la nariz.

—Oye, tú —bufó la cara de rinoceronte—, esto tiene todo el aspecto de ser una utilización ilícita.

—Eso no es verdad. Me he perdido y necesito ayuda.

—A este lado del horizonte, estos casos son responsabilidad del autobús auxiliar, y, por si no te habías dado cuenta, esto es un autobús escolar. Por tanto, estamos ante una utilización ilícita.

—¿No podría usted llamar al autobús auxiliar? —preguntó Sven con voz tímida. Y se levantó del suelo.

—No, no puedo —bufó el conductor—. El verdadero autobús escolar lo tiene el profesor de capitanes, así que ahora debemos utilizar el autobús auxiliar como autobús escolar. Y esto es bastante grave, porque no nos queda ningún autobús libre para los cristales tornado. Cambiando de tema, a este lado del horizonte, uno se presenta antes de ir por ahí pulsando botones.

—Me llamo Sven. ¿Qué son cristales tornado?

—Uno que se interesa por las piedras, ¿eh? —dijo el conductor, y suspiró aliviado—. Naturalmente, esto lo cambia todo. Si en el desierto alguien se interesa por las piedras, eso lo cambia todo, y mucho. Sube, no disponemos de todo el día.

Con estas palabras, le abrió la vieja puerta. Sven trepó con cuidado hasta un asiento de piel lleno de polvo, del que asomaba un muelle que parecía estar esperando la oportunidad de pincharle el trasero.

—Por cierto, me llamo Rinoberto —añadió el conductor, y le ofreció una mano gorda, corta y callosa, como el pie de un elefante—. Todos los alumnos me tratan de tú, y, cuando yo no los oigo, me llaman Rinoberto *el Rinoceronte.* Pero, afortunadamente, ellos no saben que yo lo sé. Así que me puedes tutear. Aquí todos tenemos nuestros secretos.

Sven le estrechó la mano con suavidad. Los brazos y muslos de Rinoberto, embutidos en una especie de uniforme de color caqui, también eran redondos, y pare-

cían tan fuertes como columnas. A Sven no le resultó difícil entender por qué los alumnos lo llamaban rinoceronte.

Rinoberto intentaba arrancar el viejo camión dando tremendas patadas a los pedales. Parece que aquel método funcionaba, porque el motor acabó por arrancar con un tremendo estallido.

—¿Adónde me llevas? —preguntó Sven. Tuvo que gritar para que se le oyese con el ronroneo del camión. Rinoberto metió la marcha con un crujido.

—A la escuela, naturalmente —gritó también el otro—. Los alumnos ya han perdido media mañana esperando al profesor auxiliar, y a este lado del horizonte, normalmente son los profesores quienes esperan a los alumnos. Los alumnos son una especie rara y pasajera, créeme; por eso no se les puede hacer esperar.

—¡Pero si yo también soy alumno!

El camión se puso en marcha y, con un gran salto, dando brincos y envuelto en una nube de arena, se adentró en el desierto.

—Tú no puedes ser un alumno —bufó Rinoberto, mientras conducía haciendo eses para evitar las rocas—. Hace rato que los cinco únicos alumnos están detrás de las pirámides y esperan a que lleguen los profesores. Por tanto, si están todos los alumnos y no hay profesores, tú tienes que ser un profesor.

Sven se encogió de hombros. Ya que se había perdido, seguramente daba igual adónde lo llevaran, siempre que lo llevaran a alguna parte. Además tenía que sujetarse con todas sus fuerzas para no caerse del asiento, o justo encima del traidor muelle. El camión iba a una velocidad diabólica, y hacía tal ruido que era completamente imposible seguir conversando.

La ambuescuela del desierto

A PESAR de que a Sven le parecía que continuamente giraban a la izquierda, poco a poco iban acercándose a los inmensos sillares.

—Éstas son las famosas pirámides —dijo Rinoberto, señalando a los monumentos de piedra que se alzaban a ambos lados de su camino como si fueran las paredes de los edificios de una ciudad abandonada.

—¡Pero si las pirámides son triangulares! —le gritó Sven al oído.

Él sabía mucho de pirámides, porque había tenido que admirarlas muchas veces —para su gusto demasiadas— en las fotos de la luna de miel de sus padres.

—Pirámides triangulares hay, como mucho, unas cuantas sin importancia en el Desierto Exterior. Allí es donde va la gente a tomar el fresco en verano. Pero aquí, en el Desierto Interior, son cuadradas y famosas; como podrás comprobar fácilmente. Aunque quieras ser profesor, empiezo a dudar de tus conocimientos sobre Ciencias del Desierto.

A Sven no le apetecía seguir con este tema, y prefirió mirar por la ventana. Después de algún tiempo, y de alguna que otra curva a la izquierda, el paisaje volvió a cambiar, y por fin apareció entre las nubes de arena una especie de tienda de campaña a orillas de un nuevo y extenso *wadi*. Cuanto más se acercaban a la tienda, más extraña era su imagen. En realidad parecía hecha de paños pesados, teñidos de un azul profundo, que alguien hubiera colgado sobre un esqueleto de huesos. El esqueleto era tan grande como una sala de gimnasia, y de repente Sven se dio cuenta de que no se trataba del de un dinosaurio, sino que debía de ser el de una gigantesca ballena. Reconoció la cabeza, y la boca, poblada de huesecitos, hacía de entrada.

«¡Qué extraño! —pensó—. ¿Cómo demonios puede haber llegado una ballena al desierto y morirse aquí?»

De la parte más alta de la tienda asomaba un asta con un banderín que ondeaba al viento y en el que decía: «Ambuescuela del Desierto». Rinoberto frenó envuelto en una nube de arena y humo. El motor soltó un eructo, como si estuviera empachado y fuera a vomitar, pero al final se lo pensó mejor y enmudeció con un último y profundo gemido.

—Venga, ve de una vez —gruñó Rinoberto *el Rinoceronte*—. ¿A qué estás esperando? Enseguida voy a tocar la campana para la primera clase, aunque en realidad ya estamos en la tercera hora.

Sven se alegraba de poder bajar del camión y perder de vista el traicionero muelle del asiento. Cerró la puerta con un portazo y empezó a andar hacia la boca de la ballena. Del interior salían voces alegres, que charlaban o gritaban con gran bullicio, como suele ocurrir mientras se espera la llegada del profesor de turno. Sven suspiraba. Se preguntaba qué clase de escuela sería aquélla.

El sonido pésimo de una campana interrumpió sus pensamientos. Justo después, Rinoberto asomó su cabeza de rinoceronte entre los paños y dijo:

—¡Venga, ya! ¡A este lado del horizonte no estamos para perder el tiempo!

Dubitativo, el muchacho entró a la tienda pasando por debajo del baldaquín. Después de haber estado bajo el ardiente sol del desierto, resultaba agradable la oscuridad y el frescor del lugar. Sobre el apisonado suelo de arena había algunos bancos largos para sentarse, y mesas; frente a ellas había una pizarra y un pupitre alto que debía de ser para el profesor. Y, jugueteando en medio de todo, un puñado de alumnos envueltos en túnicas con capucha de color azul oscuro, de forma que no podía ver sus caras. Debían de ser alumnos bastante grandes. En realidad, cuando los ojos de Sven se acostumbraron a la penumbra azulada del interior de la tienda, más bien parecían verdaderos adultos, aunque se comportaban como niños de primer curso.

«Bueno, al menos aquí estoy más recogido que en pleno desierto y con esos letreros.»

De repente, alguien lo descubrió, y una voz de mujer gritó:

—¡Cuidado, que viene el profe!

Todos se apresuraron a sentarse entre risas en sus respectivos asientos. Aunque había sitio de sobra, no faltó algún que otro choque y empujón hasta que se acomodaron. Sven no le dio mayor importancia. Hubiera jurado que conocía aquella voz de mujer.

—¿Señora Hartel? —preguntó anonadado. Esto ya era el colmo.

—Aquí —contestó la voz, y un personaje de la segunda fila, cubierto de azul, se levantó obediente.

Ahora estaba seguro de que aquélla no era otra que la señora Hartel, su tutora de Berlín. Pero, ¿qué hacía la señora Hartel en el desierto? ¿Cómo demonios había llegado ella hasta allí? ¿Y cómo habían llegado los demás? Porque, poco a poco, Sven fue descubriendo al señor Habersatt, el profesor de Ética y Dibujo; al señor Kowalski, que daba Educación Física y Tecnología; y a la señora Lümmelmann, profesora de Religión a la que Alex el gordo siempre llamaba señorita vejestorio.

En uno de los personajes de la última fila, con aspecto tímido, intentando encogerse lo más posible para pasar desapercibido, incluso creyó reconocer al señor Baierlein, el director del colegio, el que se tomaba todo tan en serio.

—Soy yo, Sven —le dijo en voz baja a la señora Hartel—. El que va a su clase.

—A mi clase no va ningún Sven —repuso ella.

—No es posible que no se acuerde. Esta mañana me ha puesto un castigo por lo del chicle.

La señora Hartel reprimía una tímida sonrisa. El señor Baierlein alzaba la mano con insistencia y se levantó sin esperar a la reacción de Sven.

—Ahora nos toca dar Ciencias del Desierto y de las Piedras —recordó entusiasmado—. Ya creíamos que todos los profesores se habían perdido.

—¡Pero si yo no soy ningún profesor! ¿Es que nadie se acuerda de mí?

El señor Baierlein y la señora Hartel, desconcertados, volvieron a sentarse en sus asientos. Los demás alumnos no dijeron nada. Sven estaba de pie entre la pizarra y el pupitre y no sabía qué hacer. Era de tontos estar allí de pie y sentir que los demás esperaban de uno algo de lo que no se tenía ni la más remota idea. En su antiguo colegio de Múnich, los profesores por lo menos lo conocían. Más aún: allí los alumnos eran alumnos y los profesores, profesores.

—¿Puede decirme alguien dónde estamos? Creo que me he perdido.

De nuevo, aquellos personajes empezaron a reírse como si Sven hubiera contado un buen chiste.

—¿Cómo se puede perder alguien si está aquí? —dijo la señora Lümmelmann, algo resabidilla.

—Me refiero a si alguien puede decirme cómo volver a casa.

—Con el autobús escolar, naturalmente —le contestó la señora Lümmelmann.

Entre tanto, el señor Baierlein chasqueaba ansioso con los dedos. Sven, un tanto inseguro, le hizo un gesto con la cabeza, y él se levantó y preguntó:

—¿Puedo leerle mis deberes?

—¡Empollón! —gritó alguien en voz baja.

—Bueno, vale —aceptó Sven, que se sentía indefenso.

—El Desierto Interior —empezó a leer su cuaderno el señor Baierlein, con aire altivo. Parecía como si se tratara de una especie de redacción—. El Desierto Interior se llama Desierto Interior mientras que todos vivamos en él. Los desiertos que visitamos en las vacaciones o para pasar el tiempo se llaman desiertos exteriores. En el Desierto Interior hay muchas piedras por ahí tiradas. Hay granito, basalto y rocas con las que se construyen famosas pirámides. Además hay piedras apiladas en pequeñas torres y, naturalmente, los cristales tornado, también llamados «joyas del Ciclón».

Suspirando satisfecho, el señor Baierlein se volvió a sentar en su sitio.

—¡Ah! —murmuró Sven. Lo de la variedad de piedras parecía estar más o menos bien; él, como experto, podía valorarlo. Pero lo del Desierto Interior no lo había entendido. Entre tanto, pedía la palabra el señor Habersatt, el profesor de Ética.

—¿Tenemos que asercarle ahora las piedras que hemos recogido? —seseó ansioso bajo su caftán. En el colegio de Berlín también seseaba, pero no tanto como aquí.

—Sí, claro —dijo Sven. Y enseguida se abalanzaron todos hacia delante y vaciaron los bolsillos de sus túnicas sobre el pupitre del profesor. Sven observó perplejo la cantidad de cosas revueltas que en un solo minuto se habían amontonado. Todos los alumnos del desierto se habían vuelto a sentar en sus sitios. Parecían orgullosos de lo que habían traído.

—¿Qué es lo que pretende ser esto? —preguntó Sven levantando un trozo de jabón usado de color rosa con aspecto de cerdito.

—Eso es una piedra con una forma insólita —explicó desde atrás la señora Hartel.

—Esto no es una piedra —dijo Sven, y le entró la risa—. Esto es un cerdo, y además de jabón.

—Un cerdo también puede ser una piedra —protestó la señora Hartel—. Podría ser una piedra muy especial.

—Un cerdo es un animal —dijo Sven—. Y los animales viven.

—También viven las piedras especiales —replicó la señora Hartel.

—Esasto —seseó el señor Habersatt—. Las piedras espesiales no están muertas. Es sólo que viven muy despasio.

—No creo que un trozo de jabón con aspecto de cerdito viva de forma especialmente lenta —dijo Sven, y levantó una astilla descolorida por el sol—. Y esto, seguro que es un hueso y no una piedra.

—Un hueso de la edad de piedra —puntualizó el

señor Kowalski—. Todo lo que viene de la edad de piedra automáticamente es de piedra. Hasta el tiempo de la edad de piedra es de piedra.

—Pero a mí esto me parece un muslo de pollo —dijo Sven.

—Pues claro —admitió el señor Baierlein, metiendo baza—. Los alumnos tenemos estrictamente prohibido enterrar cristales tornado o retirar huesos petrificados del Desierto Interior. Eso se puede leer en cada quinto letrero.

«Qué pena que sólo haya leído cuatro letreros —pensó Sven—; porque si no, yo también lo habría sabido.»

Entonces cogió un melocotón mordisqueado del pupitre.

—Pero seguro que esto no es una piedra —dijo—. Es fruta.

—Fruta con hueso, o sea, piedra —corrigió la señora Lümmelmann—. En el centro tiene un hueso y todos los huesos del centro son de piedra, por tanto es una piedra.

—Es blando —objetó Sven apretando el melocotón—. Y las piedras son duras.

—No necesariamente —replicó la señora Hartel—. Las piedras se pueden ablandar. Con lágrimas, por ejemplo.

—Eso es sólo una forma de hablar.

—Nuestro anterior profesor se quedó de piedra —insistió la señora Hartel—. Y ni siquiera tuvimos que llorar para que volviera a ser blando.

—Los profesores no son de piedra —dijo Sven—. Eso también es una forma de hablar; los profesores son profesores y no piedras.

—Pues si los profesores se pueden quedar de piedra, también pueden ser piedras que se convierten en profesores —soltó el señor Kowalski.

—Desde luego —le secundó el señor Baierlein—. Las águilas de moño también son mucho más águilas que moños.

—El águila de moño es una variedad de águila que simplemente se llama así —cortó Sven, que no entendía cómo de repente habían llegado a hablar de aves. De alguna manera había perdido el hilo, y deseaba poder volver a hablar de piedras de verdad.

Empezó a revolver en el montón e intentó hacer como si no hubiera visto que el señor Kowalski estaba lanzando un avión de papel al señor Habersatt. El avión no dio en el blanco, pero por poco.

—¿Quién ha sido? —protestó enfadado el señor Habersatt.

Sven se encogió de hombros mientras miraba detenidamente lo que ahora sostenía en la mano. Esta vez sí que era una piedra de verdad, y además preciosa: un cristal pulido en forma de bola que, al girarlo, reflejaba todos los colores del arco iris. Era una piedra realmente fantástica, porque, cuando se la acercó a los ojos girándola, los puntos de colores se movían como si siguieran el ritmo de un baile, igual que los copos de nieve de la bola de cristal en la que había un gato blanco y que él tenía encima del escritorio en su casa. Cuando la tormenta de colores se hubo calmado, en el interior de la bola se pudo ver un ciclón minúsculo, que no dejaba de mover su trompa de un lado a otro, como si estuviera buscando una salida.

—¿Qué es esto? —preguntó pasando la mano respetuosamente por la lisa superficie.

—Es de Rinoberto *el Rinoceronte*—contestó el señor Kowalski mientras escondía su avión de papel debajo del banco.

—Es una joya mágica secreta, como las que sólo se encuentran junto a los mapas automáticos de tesoros —le explicó el señor Baierlein—. Es el regalo típico para los profesores.

—Es demasiado valioso. No puedo aceptar algo así —dijo Sven.

—¡Pero si eso lo puede tener cualquiera! —exclamó la señora Hartel haciéndose la listilla—. Sólo hay que esforzarse un poco.

—Quiero decir que no *debo* aceptar algo así —corrigió Sven. Cuando él deseaba algún regalo especialmente caro, su padre solía explicarle que las cosas no debían costar mucho dinero, porque, si no, dejarían de ser regalos. A Sven no le parecía muy lógico, pero siempre se había conformado con esta idea.

—Un profesor está obligado a aceptarlo —manifestó el señor Baierlein—. Los profesores son los responsables de que aquí haya bastantes alumnos y de que desaparezcan los cristales tornado del Desierto Interior.

Justo en el momento en que Sven iba a preguntar por el motivo de tan extraña normativa, Rinoberto asomó su retorcida nariz entre las lonas de la tienda e hizo sonar fuertemente una campana de latón. Parecía, más que nunca, un rinoceronte.

—El recreo —bufó—. Tocó otra vez la campana y se ocultó tras las lonas de color azul oscuro. Todos los alumnos se levantaron de un brinco y salieron corriendo y chillando. Segundos más tarde, Sven estaba solo.

Dudoso, volvió a dejar el cristal tornado sobre el montón de supuestas piedras. Ni siquiera podía imaginarse lo que valdría una piedra así. Debía procurar encontrar el autobús escolar y a Rinoberto *el Rinoceronte* para volver a casa. Echó otra mirada a la joya mágica secreta y, de pronto, sin ser consciente de lo que hacía, su mano se cerró alrededor de ella y se la metió en el bolsillo.

Luego, siguió lentamente a sus alumnos, que en realidad eran sus profesores. Fuera había una claridad deslumbrante, silencio y un calor abrasador. No se veía a nadie, ni siquiera el autobús escolar de Rinoberto. Donde quiera que estuviera el recreo, desde luego no quedaba cerca. Sven se acordó de lo que Rinoberto le había contado sobre los escolares del Desierto Interior: realmente parecían escaparse con bastante facilidad. Lo único especial que se podía ver a lo lejos era ¡un letrero! «¡Ya empezamos otra vez con las tonterías!», pensó poniéndose en camino hacia él. Pronto estaba de nuevo ante el ya conocido montón de huesos, en cuyo centro estaba clavado el, también conocido, y descolorido por el sol, letrero de madera.

«A todos los profesores de Ciencias de Piedras», decía. «Debido a un espejismo, la escuela queda cerrada hasta nuevo aviso.» Y, en letras pequeñas, se podía leer: «Por cierto, todas las escuelas y todos los alumnos del Desierto Interior son un espejismo, ¿o es que no te has dado cuenta?».

—¡Qué gracioso! —dijo al letrero, que, por cierto, no le contestó.

Retrocedió hasta donde todavía podía verse con claridad la tienda de campaña. Los huesos de la ballena parecían un tanto revueltos, y un repentino golpe de viento debía de haberse llevado las lonas de color azul oscuro. Conforme se iba acercando, más se asemejaba a un montón de huesos en cuyo centro había algo así como un letrero. Sven empezaba a perder la paciencia. «Éste va a ser el último letrero que lea», se dijo, y se paró frente a él. «¡Atención! ¡Únicamente el último letrero lleva a la salida del Desierto Interior!», leyó. «Con éste ya me he topado anteriormente», pensó aliviado, y siguió leyendo las letras pequeñas: «¿Te hemos dicho que está terminantemente prohibido enterrar cristales tornado o retirar huesos petrificados del Desierto Interior?» «Éste tiene que ser el quinto letrero, del que hablaba el señor Baierlein —pensó Sven—. Menos mal que he dejado los huesos donde estaban.» En ese mismo instante descubrió otra cosa: detrás del letrero de madera había un sobre de color turquesa sujeto a las tablas. En él, con letras menudas, ponía: «Para Sven. Que por el momento está en el Desierto Interior». Esto sí que era extraño. Abrió el sobre y sacó una carta manuscrita con una preciosa tinta color turquesa:

Es exactamente como lo has leído: ¡el último letrero te llevará a la salida del Desierto Interior! Pero para cada letrero hay otro, por lo que ninguno puede ser el último. Si el último letrero lleva a la salida del desierto y ninguno es el último, entonces ningún letrero lleva a la salida del desierto.

Y debajo, seguramente como remitente, aparecía una única palabra: «Minx».

Por desgracia, Sven no conocía a nadie que se llamara Minx. Y sabía que los consejos dados por desconocidos había que tomarlos con cautela y desconfianza, porque podían terminar en alguna canallada. Pero también tenía que reconocer que hasta el momento ni los letreros ni los montones de huesos de ballena le habían ayudado mucho. Así que podía hacer lo que mejor le pareciera y dirigirse a cualquier sitio.

Es bastante difícil ir, sin más, a cualquier parte, pero Sven lo logró: se dio la vuelta y, sin pensarlo, se alejó del sendero que había estado siguiendo hasta entonces. Inmediatamente se formó en el aire, denso y tembloroso, un cuadro enmarcado de su refugio de Berlín. Aliviado, se introdujo en él, y volvió al frescor del taller de la abuela.

Tampoco esta vez parecía haber transcurrido el tiempo entre su salida y su regreso. La cebra de peluche seguía en el mismo lugar que antes, tumbada junto al foco de la lámpara y sin convertirse en una cebra nocturna. Sven había tenido bastante por hoy. Sentía en su bolsillo la joya mágica secreta que no debía ser enterrada. Sus zapatos estaban llenos de arena. Tendría que limpiarlos a escondidas para que su madre no empezara a hacer preguntas.

El mundo de la jungla

AL día siguiente ocurrió algo muy extraño. Era martes, y los martes, a última hora, tenía Educación Física. Sven estaba colgado de las anillas, sufriendo lo suyo, pues este ejercicio no le gustaba demasiado porque temía que, de tanto colgarse, algún día los brazos se le estirarían tanto que tendría que llevarlos a rastras. Entonces, el profesor, el señor Kowalski, que llevaba un chándal azul oscuro recién estrenado, se le acercó, le dio una palmadita en la espalda y le dijo:

—Te cuelgas del aparato como si estuvieras en el desierto muriéndote de sed. Hazme el favor de esforzarte un poco más, ¿quieres?

Y mientras le decía esto, le guiñó un ojo. El señor Kowalski nunca le había guiñado un ojo. Hasta ese momento, Sven incluso hubiera jurado que, de haber muerto repentinamente bajo la barra fija, el señor Kowalski ni siquiera se habría dado cuenta. Y ahora, de buenas a primeras, le hablaba del desierto. El corazón parecía querer salírsele. Deseaba preguntarle al señor Kowalski si se acordaba de la absurda clase en la tienda de campaña y del avión de papel. Pero Sven sabía que lo peor que podía hacer era preguntarle a un profesor por una clase en el Desierto Interior: seguro que le mandaban inmediatamente al médico.

De camino a casa en el autobús escolar, Ada, la niña a la que el primer día de colegio preguntó por el cuarto de baño, se empeñó en contarle una película. Pero, a mitad de su relato, Sven se dio cuenta de algo: el conductor llevaba unas gafas de sol; las mismas gafas de sol que Rinoberto. Y eso que el cielo estaba completamente encapotado. Se le quitaron las ganas de seguir escuchando el parloteo de Ada cuando vio el grano que el conductor tenía en la nariz. Bueno, en realidad no era un grano muy grande, y el conductor tampoco se parecía a un rinoceronte, pero, aun así, Sven empezó a inquietarse.

En cuanto terminó de comer y de hacer los deberes, Sven se puso ropa cómoda y subió al taller de la abuela, a su refugio. Esta vez se llevó un compás y el lazo largo que Jan y él habían encontrado al buscar el tesoro en Múnich. Necesitaba ambas cosas para llevar a cabo el plan que había estado madurando en el colegio: ataría un extremo del lazo al marco del cuadro y el otro a su muñeca, y así ya no se volvería a perder, a no ser que los estúpidos nudos se soltaran. Si a pesar de todo se viera en apuros, echaría mano del compás. Tenía que volver a inspeccionar el Desierto Interior. Le picaba la curiosidad. Tenía que descubrir la forma en que el señor Kowalski y los demás profesores habían entrado en el cuadro y habían vuelto a salir.

Por desgracia, no pudo llevar a cabo su plan. El cuadro del desierto estaba plano y sin vida. Aunque Sven pasaba una y otra vez el pincel embrujado por encima, el lienzo parecía completamente normal. Cuando intentaba atravesarlo, su mano chocaba contra la misma piel que ya le había impedido una segunda entrada a Villa Diminuta: la piel cedía al presionar, aunque no tanto como el día anterior. Con algo de insistencia terminaría rompiéndose, pero su tacto era realmente desagradable.

«A lo mejor el truco sólo funciona una vez con cada cuadro», pensó Sven, y se encogió de hombros. En el taller había bastantes más cuadros con los que poder escapar de aquel horrible Berlín. Probaría con el mundo de la jungla. Él nunca había visto una jungla, porque sus padres pensaban que el viaje era demasiado caro y demasiado peligroso, y además, según ellos, no servía para nada. Pero ahora, con sólo pasar el pincel por la enorme rama que se extendía desde el centro del cuadro y luego atravesar el lienzo, viajaría hasta la jungla. Así de fácil era.

Sven sintió un golpe de humedad sobre su piel. El aire era caluroso y húmedo y, como en cualquier jungla que se precie, olía a mil fragancias exóticas. Se sorprendió al darse cuenta del punto en que se encontraba: muy por encima del suelo, sobre una rama gigantesca que, como en el cuadro del viejo desván, se extendía incansablemente. Ni siquiera podía ver el suelo de la jungla, cubierto por una espesa mata de vegetación. Por todas partes se oía el susurro de insectos y el alboroto de loros invisibles.

«Seguramente también habrá culebras —pensó—. Sólo que las culebras no suelen hacer mucho ruido.»

Sven no era muy amigo de las culebras. Con cuidado, se dio la vuelta en la rama gigantesca. No veía el modo de avanzar en aquella dirección. Volvió a girarse y pensó que, donde en el cuadro aparecían sombras en diferentes tonos verdes, la rama era transitable.

Se abrió camino entre las hojas y plantas trepadoras, que ocupaban cada hueco entre la rama principal y sus secundarias. Largos trenzados con aspecto de mechones de pelo le iban dando en la cara, mientras, poco a poco, se adentraba en el árbol. Debía tener cuidado con las telarañas camufladas de migalas, tarántulas, viudas negras y demás arañas. Y tuvo muchísimo cuidado.

La rama terminaba en una gigantesca bifurcación, lo suficientemente ancha para la cabaña más elegante que él nunca hubiera visto. Y justamente en medio de la bifurcación, a una altura de vértigo, muy por encima de las copas de otros árboles más pequeños, habían construido una cabaña. Sven no podía creer lo que sus ojos veían: aquella cabaña no era una cabaña cualquiera, sino su propia cabaña, tal como siempre la había soñado. «¡Fantástico! —exclamó para sus adentros—. Esto es realmente fantástico.» Mientras se acercaba a ella, pudo darse cuenta de que allí había estado trabajando un experto. Porque, al contrario que su vieja cabaña en el haya de Múnich, ésta tenía un tejado de verdad, y hasta mosquiteras ondeando perezosas ante la puerta y las ventanas.

Sven suspiró al recordar su vieja cabaña. Cuántas veces le había prometido su padre que se ocuparía de ella, y al final siempre descubría que nunca encontraba el momento de hacerlo. Como la cortina con las máscaras de payasos no protegía de la lluvia ni del viento, sólo podía utilizarla cuando hacía buen tiempo. Claro que ésta era otra cosa. El techo estaba cubierto con ramas de palmeras secas, y parecía bastante impermeable. Incluso a la entrada tenía una especie de terraza en la que había algunas cestas de bambú con frutas, herramientas y redes para cazar mariposas, perfectamente ordenadas. De la espesura que se extendía por encima de la cabaña como una torre verde y sombría colgaba el final de una escala de cuerda.

«¡Qué extraño! —se dijo—. Normalmente, las escalas llevan de la cabaña hacia abajo, no hacia arriba.»

Bajó de la rama a las tablas de la terraza, que estaban fuertemente sujetas, e intentó hacer el menor ruido posible. Por lógica, aquellas cestas de frutas y la escala de cuerda que no llevaba al suelo sólo podían significar una cosa: que la cabaña estaba habitada. Y empezó a percibir un olor a coco, a fuego y a algo tostado, que salía de entre las mosquiteras.

Apartó la mosquitera de la entrada con mucho cuidado y echó una mirada al interior. Había una pequeña habitación luminosa y recogida. A un lado colgaba una hamaca y al otro había más cestas de bambú alineadas. En medio del suelo de cañas de bambú trenzadas había un brasero, por encima del cual colgaba una olla. Delante de la olla, sentado y de espaldas a Sven, un singular personaje: llevaba un chaleco de rayas rojas y blancas bastante deteriorado; un sombrero de copa también de rayas rojas y blancas; un pantalón corto; unos botines anticuados y unos guantes que seguramente algún día fueron blancos. Sus brazos y rodillas, sonrosados, brillaban, y todo olía a aceite de coco.

Sven conocía aquel aroma, porque su madre utilizaba el mismo bronceador cuando quería ponerse muy morena. El personaje no se había dado cuenta de la presencia de Sven y parecía estar preparando algo para comer.

—Perdone —se disculpó el muchacho armándose de valor—. ¿Me permite entrar?

—Es muy poco probable —le respondió el personaje con una voz que sonaba a hojalata y sin ni siquiera girarse.

Indeciso, Sven se quedó donde estaba. La voz no le había parecido antipática, pero era lo suficientemente mayor como para comprender que esas palabras no eran precisamente una invitación.

—Es muy poco probable —volvió a decir la voz de hojalata después de un rato— que se reciba una visita si no se tiene la escala colgando hacia el suelo.

—Eso es verdad —admitió Sven con timidez—. Pero yo no he venido de abajo, sino más bien de arriba.

—En ese caso, tendrías que ser un ojonocturno —aseguró el personaje, que seguía sin darse la vuelta—. Y que los ojosnocturnos hablen es aún menos probable. Además, me veo en la obligación de señalar que los ojosnocturnos no son bienvenidos aquí.

—Yo soy Sven. Y ni siquiera sé lo que es un ojonocturno.

El personaje dejó de remover en la olla y se dio la vuelta lentamente. Sven descubrió una cara vieja, simpática, negra como el ébano, en la que destacaban unos ojos y unos dientes muy brillantes, además de un pelo canoso que no parecía pegar nada con los sonrosados y aceitosos brazos y piernas.

—Si no sabes lo que es un ojonocturno, tampoco sabrás quién soy yo. Yo soy el Negro Cornflake más viejo del lugar. Te puedes sentar de momento, hasta que descubra si no eres una nueva especie de ojonocturno.

—Gracias.

Sven notó cierto alivio y se sentó frente al hombre, sobre una estera de rafia.

—Estoy tostando los copos de cereales para comer —explicó el Negro Cornflake, y empezó a remover de nuevo en la olla—. En un mundo donde siempre es mediodía, el continuo guisoteo empieza a ser una lata.

—No sabía que se tostaran los copos de cereales.

—Es extremadamente improbable que puedas saber algo así. Si todo el mundo pudiera trabajar de Negro Cornflake, mi formación no serviría para nada.

—Tampoco sabía que había morenos con brazos blancos —añadió Sven, intentando ser educado.

—Tú no pareces saber mucho de nada. Para empezar, yo no soy ningún moreno, sino un negro. Casi todos los negros son blancos. Sólo hay que hacerse viejo y esperar hasta que ya nadie te necesite; entonces, con un poco de maquillaje, uno se convierte en negro. El maquillaje ayuda contra las quemaduras del sol. ¡Mira, toca! —y, cogiendo el dedo de Sven, se lo puso en la frente, negra como el ébano.

—¡Crema de zapatos! —exclamó el muchacho, impresionado.

—Exacto. Como puedes ver, harías bien en familiarizarte con las costumbres y usanzas de otros pueblos. Si yo en mis tiempos me hubiera preocupado por familiarizarme con las costumbres y usanzas de otros pueblos, no tendría que estar aquí haciendo el papel de Negro Cornflake.

A Sven le pareció llegado el momento de cambiar de tema. Había hablado a menudo con adultos, y sabía adónde solían llevar las conversaciones y recuerdos de este tipo. Por eso preguntó:

—¿Ha construido usted mismo esta cabaña? Yo también tuve una en un árbol, pero nunca se terminó de construir.

—Eso explica algunas cosas. Porque, si tu cabaña se hubiera terminado, entonces seguramente esta estúpida cabaña de aquí sabría cuál es su aspecto y adónde pertenece. Eso nos ahorraría muchos quebraderos de cabeza, te lo aseguro. Por cierto, puedes tutearme. A un viejo negro al que ya nadie necesita siempre se le llama de tú.

—¡Pero si tu cabaña tiene un aspecto estupendo! —protestó Sven.

—Tiene el aspecto que, probablemente, tiene que tener una cabaña estupenda. Pero no lo sabemos con seguridad. Porque es sólo una cabaña más o menos probable.

—Eso no lo entiendo.

—Imagínate que está lloviendo —dijo el Negro Cornflake, y empezó a llenar dos cuencos con los copos de cereales, que estaban casi negros de tanto tostarlos—. Para que el agua resbale, probablemente el tejado debería tener exactamente el aspecto que ahora tiene. Pero eso no es del todo seguro. Por eso no es del todo seguro que te proteja de verdad. El más mínimo error, y te calas hasta los huesos; y ya te puedes dedicar a observar cómo te oxidas. Podemos dar gracias a que aquí no llueve a menudo. Disponemos de leche de coco si se la quieres echar a los cereales —añadió entregando a Sven un cuenco y una cuchara.

—Gracias, pero no me gusta la leche con los cereales. Los reblandece.

Empezaron a comer. Los cereales tostados sabían a quemados, pero, al fin y al cabo, Sven no era un Negro Cornflake y no entendía nada de esto.

—Imagínate que te bajas trepando de una de estas probables cabañas de los árboles —siguió diciendo el Negro Cornflake mientras masticaba—. Probablemente, la cabaña seguirá estando allá arriba, en alguna parte de las ramas. Pero, claro, no podemos saber si no estaría mucho mejor en cualquier otro árbol. Mientras pienses que allá arriba, en lo alto de un árbol, hay una cabaña, no hay problemas. Pero, en cuanto hayas comprendido que sólo está allí probablemente, las cosas se complican. Porque entonces podría estar en cualquier otro sitio, y habría que preguntarse, ¿quién se encargará de tostar los cereales?

—Ahora sí me gustaría tomar un trago de leche de coco —dijo Sven aturdido.

El Negro Cornflake metió la mano en la cesta de bambú que había a su lado y le entregó un coco abierto. La leche estaba fría y refrescante, y Sven se bebió hasta la última gota. Se sentía muy a gusto. El aire cálido y húmedo le acariciaba la cara, las mosquiteras se movían ligeramente, los sonidos de la jungla sonaban suaves y relajantes, tenían un efecto adormecedor. No había ni rastro de arañas y culebras. Esto prometía ser una aventura tranquila.

La historia de los ojosnocturnos

ESTUVIERON un buen rato sentados en el suelo de la cabaña haciendo la digestión. Después, el Negro Cornflake carraspeó como cuando uno va a hablar de su tema favorito.

—Voy a contarte un secreto —dijo—. Una vez que has bajado de una probable cabaña, ya no puedes estar seguro ni siquiera de que esa cabaña haya existido alguna vez. Francamente, tu padre debió terminar esa estúpida cabaña. Por su culpa estoy aquí anclado para siempre.

Sven no entendía qué tenía que ver su padre con toda esta historia, pero había otra cosa que le interesaba más.

—¿Qué es exactamente un ojonocturno? —preguntó.

—Una cosa está clara: cuando los ojosnocturnos revolotean por el cielo, es mejor quedarse en casa y escuchar el gramófono.

—¡Si tú no tienes gramófono!

—Antes tenía uno para la música que acompañaba mi baile de claqué —dijo el Negro Cornflake con una mirada soñadora—. Una vez hasta tuve toda una orquesta para mí solo.

—Sigo sin saber qué es un ojonocturno —le recordó.

—Espera un momento.

El Negro Cornflake se dio media vuelta y empezó a rebuscar en una de las cestas de bambú.

—Esto de aquí —dijo poniéndole algo en la mano a Sven—, esto de aquí antes era un ojonocturno.

Sven examinó aquella cosa: tenía el aspecto de un ala de mariposa de una especie que sólo existe en la jungla. Pero aquella ala era tan sumamente negra que Sven no estaba seguro de que pudiera existir una clase de mariposas con un color tan negro. Aquella cosa se tragaba hasta el último rayo de luz del lugar donde la pusieran. Parecía como si le hubieran abierto un agujero negro con forma de mariposa en su mano, y como si ahora su mano tuviera una entrada oscura a la nada. Estremecido, devolvió el ojonocturno.

—Y esto de aquí —dijo el Negro Cornflake mientras le ponía otra cosa en la mano—, esto de aquí tal vez algún día, si la suerte no nos acompaña, se convierta en un ojonocturno.

Aquel objeto tenía un aspecto mucho más bonito. Parecía una mariposa de peluche de colores brillantes y agradables. Sin embargo, al tacto era dura y seca, y al agitarla sonaba algo en su interior. Sven estuvo un rato jugando distraídamente con el futuro ojonocturno, hasta que, sin darse cuenta, se lo metió en el bolsillo. El Negro Cornflake lo observaba detenidamente.

—Ya veo que no entiendes ni lo más mínimo de ojosnocturnos —dijo en tono despectivo—. Pero, puesto que estás aquí, deberías saber algo de ellos. Precisamente en esta época del año sería conveniente que supieras mucho sobre ellos. Sólo espero que al menos tengas claro lo de las direcciones prohibidas.

—Pues, en realidad, no —confesó Sven.

—¿Que no sabes ni siquiera en qué dirección están los volcanes? ¡Pero de esa forma nos pones a todos en un grave peligro!

El Negro Cornflake se levantó de un salto y empezó a andar por la habitación de un lado para otro, con gesto preocupado. Debía de estar pensando en algo muy difícil de resolver, porque su frente se llenó de muchas más arrugas de las que ya tenía.

—¿Qué crees que estará haciendo ahora tu padre? —preguntó de repente parándose en seco—. La cabaña parece estar bastante estable, tan estable como más o menos ha de estar una cabaña. Debería enseñarte las direcciones prohibidas, pero no estoy seguro de que podamos arriesgarnos a dejar esta probable cabaña sola durante un rato.

Sven no entendía lo que tenía que ver una cosa con la otra; no obstante, respondió:

—Creo que papá ahora estará trabajando en su oficina. En realidad, eso es lo que siempre hace últimamente.

—Espero que así sea. Porque, si tu padre se acordara de repente de esta cabaña que nunca terminó de construir, y se le ocurriera alguna improbable idea y nosotros no estuviéramos aquí en ese momento, entonces los dos estaríamos metidos en un buen lío.

—Seguro que mi padre no piensa en una cabaña —dijo Sven, que ya se estaba cansando de tanta historia sobre cosas probables e improbables—. En realidad, mi padre no suele pensar mucho en mis cosas.

—Entonces, atrevámonos. Al fin y al cabo es tu padre.

Salieron a la pequeña terraza. El Negro Cornflake rebuscó en una de las cestas de bambú, pero no parecía encontrar lo que buscaba.

—¿Podemos utilizar tu lazo para sujetar aquí la escala de cuerda? —preguntó—. Así no perderemos la cabaña tan fácilmente.

—¡Claro! —exclamó Sven, y ató con su lazo el último peldaño de la escala a un barrote de bambú de la barandilla de la terraza. Su nudo parecía tan difícil como poco fiable. Pero le daba vergüenza confesar sus penosos conocimientos sobre cómo hacer nudos. El otro cabo del lazo quedó colgando hacia abajo y se perdió entre la exuberante vegetación de la jungla.

—Así está bien —dijo el Negro Cornflake, que parecía confiar en los nudos de Sven, o tampoco entendía mucho de nudos—. Además es más fácil trepar por una escala de cuerda si está sujeta a algo. ¿Te atreves a trepar por una escala de cuerda?

—¡Claro! —volvió a exclamar Sven, aunque la sola idea le hacía sentirse algo incómodo.

—Entonces, adelante. Yo iré justo detrás de ti.

Sven empezó a trepar con cuidado por la escala, que apenas se movía, hacia la copa del árbol gigante. No resultaba fácil, pero tampoco era tan complicado como en un principio se había temido; siempre que no olvidara mirar únicamente hacia arriba y no se acordara de las posibles telarañas camufladas o de las culebras que podían estar al acecho.

Paso a paso, iban atravesando ramas, plantas trepadoras y flores exóticas que desprendían un olor misterioso. A medida que ascendían, la gama de colores y el espesor de la vegetación cambiaban, debido a que ganaban altura y aumentaba la claridad: en el color verde oscuro de la espesura empezaban a aparecer manchas de color verde limón y amarillo que no eran sino los rayos del sol abriéndose camino. Finalmente, consiguieron ver virutas de un cielo verde pastel que se asomaba entre las ramificaciones.

Por fin alcanzaron el final de la escala de cuerda. Estaba en la copa del árbol, sujeta a la bifurcación de una rama gigantesca alrededor de la que había una especie de mirador. Se encontraban por lo menos a cien metros del suelo, y desde allí podían ver toda la amplitud de la jungla como una masa uniforme en la que despuntaba algún que otro árbol gigantesco. Por encima de ellos se extendía un cielo de color verde pastel, salpicado de nubes blancas y redondeadas y alumbrado por dos soles de color verde amarillento.

—¿Dos soles? —se sorprendió Sven. ¿Aquí hay dos soles?

—De eso no hay ninguna duda. Este que está encima de nosotros es el «Sol de los soles», y el de allí, el «Sol de medianoche». Por eso en este mundo siempre es mediodía, y eso está bien. Ahora siéntate y escucha. No tenemos mucho tiempo.

Sven obedeció. Se sentó en el mirador y dejó las piernas colgando para demostrar que no tenía ni pizca de vértigo. El Negro Cornflake se sentó a su lado. Su intenso olor a aceite de coco a punto estuvo de tumbar a Sven, pero era un chico demasiado educado como para decir nada.

—¿Ves aquellas dos montañas de allí? Recuerda muy bien dónde están. Ésas son las direcciones prohibidas. Hagas lo que hagas en este mundo, bajo ningún concepto debes acercarte a la región montañosa.

—¿Por qué? —quiso saber Sven.

—Esas montañas en realidad son volcanes. Se reconocen si fijas tu mirada justo por encima de ellas. Verás que el aire vibra y las cosas también. Nadie está seguro de que sean como son. La montaña mediana es el Volcán Mediano, y la montaña pequeña es el Volcán Pequeño. Hasta el más silencioso paso podría hacer que el Volcán Mediano entrara en erupción, y, si eso ocurriera, es muy probable que también lo hiciera el Volcán Pequeño.

El Negro Cornflake siguió contándole que en el Volcán Pequeño habitaban los ojosnocturnos. Allí dormían durante el día y esperaban la llegada de la oscuridad o a que algún ojonocturno los despertara. Claro que, como en el mundo de la jungla siempre era de día debido a los

dos soles, los ojosnocturnos podían esperar hasta ponerse negros de rabia —cosa que, naturalmente, ya eran—. Pero, en caso de que el Volcán Pequeño entrase en erupción, todos los ojosnocturnos huirían en grandes bandadas sobrevolando la jungla, porque ni siquiera ellos tenían ganas de ser achicharrados por un volcán.

—Hace ya mucho tiempo que el Volcán Pequeño no ha entrado en erupción, por lo que debe de haber millones de ojosnocturnos esperando a ser despertados. Y éste es el problema. Durante la última erupción había tantos ojosnocturnos que sus alas oscurecieron el Sol de los soles y casi se hace de noche.

—¿Y qué tiene de malo? —preguntó Sven—. De donde yo vengo se hace de noche todos los días. A eso no le tengo miedo.

—De donde tú vienes, tal vez. Porque vosotros sólo tenéis un sol, una luna y un par de estrellas. Pero aquí, en este mundo, debes contar con terribles apariciones si se hace de noche. Y en cualquier caso, tienes a esos monstruosos ojosnocturnos, de los que parte el mayor peligro.

—¿Qué pueden hacer los ojosnocturnos?

—No lo sé exactamente —confesó el Negro Cornflake—. Como nunca ha sido de noche en el tiempo que yo llevo aquí... Lo único que está claro es que ha de ser de noche por completo antes de que un ojonocturno abra un ojo y empiece a ver. Ni siquiera sé si el peligro que tienen proviene de lo que ve un ojo así o de lo que se hace visible para nosotros en una noche de ésas. En cuanto la noche es lo suficientemente negra, puedes reconocer en ella cosas que te hacen desear ser ciego, cosas que de repente te aparecen con otro enfoque. Y si ahora hay tantos ojosnocturnos como sospecho, basta con que uno que esté despierto interrumpa el sueño de los que están aguardando para que ellos solos, al ser tan numerosos, se hagan la noche y empiecen a ver. Así que recuerda bien las direcciones prohibidas, no vayas a despertar a alguno de ellos.

—De todas formas, no tenía intención de andar solo por la jungla —declaró Sven, visiblemente impresionado por la larga charla.

—Entonces podemos volver a bajar y ocuparnos de la comida para el mediodía —dijo el Negro Cornflake. Se notaba alivio en su voz.

Así que iniciaron el descenso por la escala de cuerda. El Negro Cornflake seguía a Sven un par de peldaños por encima de él, de forma que, cuando Sven miraba hacia arriba, siempre encontraba unos botines blancos ante sus narices. El camino parecía mucho más largo que al subir, y la escala se balanceaba más, cosa que resultaba harto extraña, porque, aunque no es fácil bajar por una escala de cuerda, no se debería tardar más que en subir. Peldaño a peldaño, la sombra se iba haciendo más profunda, la luz verde más oscura, el aire más pesado y húmedo, y el concierto de loros, ranas e insectos invisibles cada vez más escandaloso. Por fin Sven se apoyaba sobre algo firme. Estaban entre las raíces del árbol gigante, que parecían enormes tapias en medio de la jungla. El lazo dejaba a las claras la poca fiabilidad de los nudos de Sven.

—¡Lo sabía! —exclamó el Negro Cornflake consternado—. Sabía que no se podía uno fiar de tu padre.

—¿Dónde está la cabaña? —preguntó Sven, incómodo por lo de sus nudos—. Estoy seguro de que no me la he pasado.

—Es muy improbable que los dos la hayamos pasado sin verla. Por eso es muy probable que ya no exista.

—¡Eso es imposible! Yo he atado bien la escala, de verdad. ¿No podríamos volver a subir y mirar otra vez?

—No servirá de nada.

El Negro Cornflake tiró suavemente del final de la escala de cuerda. Entonces empezó a oírse, desde muy arriba, el crujido de las ramas pequeñas y, entre una nube de hojas y plantas trepadoras, toda la escala se cayó al suelo, quedando reducida a un montón de cuerda.

—Como ves, ya no podemos utilizar esta escalera. Puesto que ya no existe la cabaña a la que has atado la escala con tu lazo, esta escala no está atada a ningún sitio.

—Pero si antes estaba atada allí arriba, en lo alto del árbol. En el mirador, donde contaste lo de los ojosnocturnos.

—No era esta escala. Acuérdate de que sólo había una escala que llevaba de la cabaña hacia arriba, no había ninguna que llevara hacia abajo, al suelo. Probablemente tu padre haya pensado que una cabaña de éstas, a la que sólo se puede acceder por una escala de cuerda, es demasiado peligrosa para ti. Aunque hubiera preferido que hubiera pensado en ello en otro momento.

Sven había vuelto a perder el camino de regreso. Pero estaba contento, porque, a pesar de que nunca hubiera imaginado que su padre desperdiciara ni un solo minuto pensando en él mientras estaba sentado en su oficina, se había acordado de él y de su cabaña sin terminar.

—Aquí abajo hay demasiada humedad. Me temo que, si me quedo más tiempo sin mi aceite de coco, me oxidaré.

—Una persona no se puede oxidar.

—Sí que puede —replicó el otro—. Yo antes trabajaba en publicidad, y tuve que disfrazarme de juguete mecánico para mostrar mi baile de Cornflakes. Hasta tenía un bastón blanco que hacía girar en el aire. Un buen día, todos los engranajes y muelles de mi disfraz empezaron a rechinar y a dar chirridos.

Las últimas palabras sonaron cada vez más roncas y apagadas. La voz del Negro Cornflake empezaba a sonar como si realmente saliera del interior de una lata.

—Ésas sólo son imaginaciones tuyas —intentó consolarlo Sven.

—Aun así, todo va a parar a lo mismo cuando se trata de un hombre viejo al que ya nadie necesita y cuyos famosos bailes de claqué nadie quiere ver.

Con estas palabras, en tono agonizante, el Negro Cornflake fue sumiéndose en sí mismo, hasta que terminó sentado como alma en pena entre las inmensas raíces.

—¡Eh! —lo movió Sven por el hombro. Se escuchó un pequeño crujido.

—Evita las direcciones prohibidas —murmuró el Negro Cornflake—. Es muy probable que tu camino esté en ellas, pero no debes ir allí bajo ninguna circunstancia.

Entonces se quedó inmóvil del todo y mirando a la nada. Indeciso, Sven recogió su lazo y miró a su alrededor. Tenía que volver a casa y convencer a su padre para que cambiara de opinión, para que aquel anciano no se oxidara de verdad entre las raíces del árbol gigante. Y, al mismo tiempo, debía evitar de alguna manera las direcciones prohibidas. Pero desde donde él estaba resultaba muy difícil adivinar qué direcciones eran las prohibidas. El compás que se había llevado y que aún estaba en su bolsillo no le era de gran ayuda, ya que no se había acordado de comprobar en qué dirección estaban los volcanes.

Como no servía de nada quedarse allí hasta el día del juicio compadeciéndose del Negro Cornflake, cerró los ojos, se dio unas cuantas vueltas, volvió a abrirlos y empezó a andar en la dirección en que estaba mirando en ese momento.

«Tenía que haberme traído un machete», pensó.

Claro que él no tenía ningún machete, sino sólo una simple navaja de bolsillo que ahora estaría inutilizada en su casa, encima de la mesilla de su habitación. Cuando después de tan sólo unos pasos se giró hacia atrás, ya no podía ver el árbol gigante, ni al inmóvil personaje que estaba debajo.

«Necesito un plan —se dijo—. Si la puerta de vuelta al taller estaba cerca de la cabaña, seguro que seguirá estando allí. En cuanto encuentre la cabaña, veré también la puerta. Si papá se pudiera decidir por un buen sitio para una cabaña...»

No había hecho falta que Sven se preocupara, porque, cuando atravesó la pared formada por unas hojas de ficus, llegó a un claro y descubrió un estanque poco profundo. Y, en medio de aquel estanque, estaba la cabaña, rodeada de nenúfares, *Victoria regia* y otras plantas acuáticas.

—¡Pero, papá! —murmuró Sven—. Ya no soy tan pequeño como para que tengas que poner la cabaña en un estanque para evitar que me haga daño al caerme. Sólo te falta colocar también una verja alrededor.

De todas formas, se sintió aliviado al descubrir el cuadro tan familiar que había en una orilla y que mostraba un fragmento del taller de la abuela. Con pocos pasos lo alcanzó y se introdujo en él.

En Berlín aún era media tarde y por los ventanales del techo se podían ver algunas nubes flotando delante de un único sol solitario. Sven examinó de inmediato el cuadro en el que había pasado su aventura. No le sorprendió encontrarse con la misma piel de globo transparente, pegajosa y que apenas cedía. Al parecer era característico del mundo de los cuadros que sólo se pudiera acceder a ellos una vez. Y, por alguna razón, aquella especie de funda protectora de los cuadros usados se iba endureciendo cada vez más.

Antes de bajar a su habitación, Sven sacó los tubos de pinturas y los frascos del maletín de la abuela y los metió en una caja de cartón. Luego, vació sus bolsillos y dejó en el maletín los recuerdos que había traído del mundo de los cuadros: el cristal tornado del Desierto Interior y el futuro ojonocturno que acababa de traerse del mundo de la jungla. Con respecto a la cebra de peluche, seguía sin estar seguro de si realmente se trataba de una cebra nocturna. Así que la dejó tumbada donde estaba, junto al foco de la lámpara. El maletín de la abuela iba a ser su cofre del tesoro.

Un paseo por la playa

AQUELLA noche, Sven no durmió muy bien. Oía continuamente un ruido irregular, pero insistente, que venía de su escritorio. Por un momento hasta creyó conocer el origen de aquel ruido: en el interior del ojonocturno algo se movía de un lado para otro intentando liberarse. Sven se estremeció al pensar en lo que podría pasar si el ojonocturno conseguía salir. Pero entonces se acordó de que, al igual que el cristal tornado, lo tenía escondido en el maletín de la abuela, arriba, en el taller. El ruido debía de ser de su despertador rojo.

Durante el desayuno, le dio un pequeño codazo a su padre.

—¿No crees que un árbol gigante en la jungla, con una escalera de verdad, sería el mejor sitio para una cabaña? —le preguntó—. Una escalera no es tan peligrosa, ¿verdad?

—Claro —murmuró su padre, absorto tras el periódico.

Sven suspiró. Sólo esperaba que su padre le hubiera escuchado para que el Negro Cornflake volviera a tener un hogar. Pero carecía de sentido insistir sobre este tema.

Después del colegio, al mediodía, comió con su madre antes de que ella volviera a desaparecer detrás del ordenador. Julia llamó desde Múnich contando que tenían un tiempo estupendo y que querían hacer una excursión a las montañas. Intentó que no se le notara la envidia, pero hasta se quedó sin ganas de contarle sus aventuras. Después hizo los deberes.

Por fin pudo subirse de nuevo a su refugio secreto. Fuera estaba lloviendo a cántaros. A Sven le daba la impresión de que en Berlín siempre estaba lloviendo, por eso había elegido el cuadro que mostraba la playa, las palmeras y la puesta de sol tras el horizonte. Sacó el pincel mágico de mango negro de su cofre del tesoro, dio unas pinceladas por encima del lienzo y se metió a través de él como si esto fuera lo más normal del mundo.

El paisaje tomó vida instantáneamente. Las rígidas olas empezaron a rodar hacia la playa, se levantó una brisa fresca que olía a sal, a fósforo, a pescado y a algas marinas; las palmeras, ligeramente inclinadas, movían con suavidad sus palmas. Sven notó que, en este mundo, la temperatura era agradable incluso después de la puesta de sol. Gritando alborozado, empezó a bajar de las dunas para correr hacia el océano, que cada vez se veía mejor. De repente se sentía como en vacaciones, o al menos como uno se debería sentir cuando está de vacaciones.

Y entonces se encontró en medio de la playa más bonita que había visto en toda su vida. Él era un entendido en playas, porque sus padres solían llevarlo al Mediterráneo en verano. Allí todo estaba abarrotado, reinaba el ruido y por todas partes había letreros con prohibiciones en idiomas extranjeros. Siempre había que tener cuidado de no mancharse los pies con la brea, y en el aire siempre flotaba ese pestazo a salchichas fritas, sardinas y aceites bronceadores.

Sin embargo, nadie parecía haber pisado nunca esta playa. La arena estaba llena de miles de conchas y caracolas, y era tan blanca que ni el sol de mediodía más fuerte podría recalentarla. Las olas, de color azul verdoso, se acercaban con regularidad, adornadas con coronas espumosas, como si se hubieran puesto en línea, una a una, ya desde el horizonte. Chisporroteaban al deslizarse playa arriba y luego regresaban perezosas al océano.

Sven se quitó las deportivas, ató una a la otra por los cordones, y se las colgó del cuello y se metió los calcetines en el bolsillo. Entonces empezó a andar, siempre a lo largo del rompiente. El agua estaba cálida y suave como la seda; sólo había que tener cuidado de no pisar una de aquellas conchas de cantos afilados.

Después de un rato apareció ante él una casa de madera blanca, una especie de chiringuito de playa, que se alzaba sobre cuatro pilares también pintados de blanco, de forma que, cuando subía la marea, no había peligro. Además tenía una amplia terraza. Ahora, como se estaba poniendo el sol, no parecía estar abierto. Unos postigos azul marino protegían las puertas y ventanas. Sven se acordó de que este color ahuyenta a las moscas y a otros insectos.

A escasos metros de la casa, de repente el suelo cedió bajo su pie derecho; y poco después se había caído de narices a la arena. Se incorporó aturdido. Su pierna estaba dentro de una especie de trampa: un agujero no demasiado profundo y húmedo que había sido disimulado con palmas y arena.

—¡Qué gamberrada! —exclamó enfadado, aunque enseguida se acordó de que también él había hecho muchas trampas parecidas en la playa, si bien nunca cayó nadie dentro.

—Caíste, caíste —escuchó una voz que venía desde el chiringuito.

Sven sacó la pierna del agujero. Al menos no se había hecho daño.

—Caíste, caíste —volvió a repetir la voz como si hablara en susurros.

De pronto se abrió la puerta de color azul marino y salió un personaje con aspecto temerario cojeando deprisa. Llevaba un sombrero grande y triangular, un parche negro en un ojo, un pañuelo atado al cuello y un abrigo rasgado de terciopelo marrón. De un cinturón con adornos dorados colgaba un sable enorme, que el singular personaje iba arrastrando y parecía impedirle avanzar.

«¡Increíble! —pensó Sven—. Tiene todo el aspecto de ser un pirata.»

Conforme se fijaba detenidamente en él, a medida que se le acercaba cojeando, creía haber visto antes un pirata así. Cuando el desconocido se encontraba ante él, le dijo en tono triunfante, aunque cuchicheando:

—Caíste. Llevo construyendo estas trampas por todas partes desde que se hundió el barco, y por fin ha caído alguien dentro.

—Muy gracioso —dijo Sven.

El pirata lo miraba con su ojo bueno, que brillaba de alegría.

—Ahora me perteneces —cuchicheó excitado—. Así que ya te puedes entregar. La ley es la ley.

Sven se levantó y comprobó con alivio que el pirata era, como mucho, tan alto como él, y no tenía aspecto precisamente atlético. No había que tener miedo de un pirata así, por muy grande que fuera su sable y por mucho que llevara un impresionante parche en el ojo.

—¿Qué ley tan tonta es esa de la que estás hablando? —preguntó Sven dando un paso amenazador hacia él.

—La ley de los hallazgos —le contestó el pirata, serio, y retrocedió rápido—. Los hallazgos no tienen dueño, y el que se los encuentra se los queda. Todo lo que está tirado por la playa es un objeto de playa. Tú estás tirado por la playa y yo te he encontrado. Por lo tanto, me perteneces.

—Yo no estoy tirado por la playa, sino que he caído en tu estúpida trampa. Ninguna persona le puede pertenecer a otra.

—Que me tenga que enterar de esto es extremadamente doloroso —cuchicheó el pirata en tono preocupado.

Sven no estaba realmente enfadado. La playa, el mar y la puesta de sol eran demasiado bonitos para ello, y al fin y al cabo no había ocurrido nada grave. Pero intentaba parecer enfadado porque le divertía asustar a un pirata. Como normalmente no le resultaba fácil infundir miedo, le preguntó con voz intimidatoria:

—¿Por qué no dejas de cuchichear? ¿Estás enfermo o qué?

—La verdad es que tengo miedo de que me des una paliza si hablo más alto —murmuró el pirata—. Sin mi barco de pirata me siento muy inseguro, y con este parche en el ojo veo bastante mal.

—Por lo que te daría una paliza sería únicamente por tu estúpida trampa.

—Está bien, está bien; no te alteres. Según la ley de hallazgos, tengo que obligarte a venir conmigo. Aunque, si lo prefieres, puedes venir voluntariamente.

Con estas palabras, se puso en marcha hacia el chiringuito. Cojeaba y llevaba la cabeza ladeada, siempre vigilando con su ojo sano, como si temiera un ataque de Sven por la retaguardia. De tanto mirar hacia atrás, tropezó con su sable, se le cayó el sombrero, lo recogió y a punto estuvo de caer al suelo.

Sven no sólo no pensaba dar una paliza a un pirata tan lamentable, sino que incluso lo siguió hasta la casa. En la terraza colgaban farolillos de todos los tonos posibles de azules, verdes y amarillos, como los que solía

poner su madre en las fiestas de cumpleaños. Había media docena de mesas blancas decoradas y preparadas con platos, tazas y guirnaldas de conchas.

En un cartel, a la entrada, ponía: «Todos los días, gran fiesta sorpresa en la playa con especialidades de pescado», pero en ese momento no había nadie aparte de ellos dos.

—Siéntate, siéntate —lo apremió el pirata, atento—. Has llegado justo a tiempo para la fiesta sorpresa.

—¡Vaya fiesta más rara! —exclamó Sven, y se sentó en una de las sillas de hierro pintadas de blanco—. Aparte de ti y de mí no parece haber venido nadie.

—No puede ser de otra manera. ¿Dónde si no estaría la sorpresa?

El pirata fue a sentarse frente a Sven cuando el sable se le metió entre las piernas y casi se cae otra vez. Enfadado, dio una patada al sable, lo que para nada mejoró su situación, pues ahora el arma amenazaba con enrollársele por la cintura.

Sven nunca había visto a nadie formar tanto alboroto para sentarse.

—Además —dijo el pirata como si nada hubiera ocurrido—... Además tenemos que disfrazarnos primero. Porque en realidad esto no es una fiesta sorpresa de playa, sólo que no he encontrado otro cartel. En realidad es una fiesta sorpresa de disfraces.

—¡Si tú ya estás disfrazado y yo no me he traído ningún disfraz!

—Eso no importa —cuchicheó el pirata, mientras se

colocaba rápidamente el parche de un ojo en el otro—. La mayoría de las veces, en una fiesta sorpresa de disfraces uno se disfraza del otro.

—¿Quieres decir que nos cambiemos de ropa? —preguntó Sven asombrado.

La idea no le atraía en absoluto. Prefería desvestirse e irse a nadar. Las olas tenían un aspecto perfecto: eran la clase de olas que te hacen saltar y gritar, tirarte y arrastrarte entre su espuma.

—No me digas que no sabes quién soy yo —le dijo el pirata, que parecía ponerse de nuevo triste.

Sven se estaba cansando ya de su continuo cuchicheo.

—No tengo ni idea, y deja de cuchichear de una vez.

—Esto —balbució el pirata con voz profundamente triste—, esto es muy doloroso. Esto es extremadamente doloroso.

—Está bien —admitió Sven perdiendo la paciencia—. ¿Quién eres?

—Soy tu disfraz —cuchicheó el pirata, herido en su orgullo—. Para ser exacto, soy el Pirata Solitario del que tú te disfrazas siempre por Carnaval. Soy el terror de los mares. Si no se me hubiera hundido el barco, el mundo temblaría ante mí. Incluido tú. —Y, después de una pausa, añadió—: Me sorprende y me duele ver cómo precisamente tú puedes pasar por alto algo así.

De repente comprendió por qué le había parecido conocer al Pirata Solitario cuando lo vio por primera vez. En efecto, en Múnich, Sven siempre había ido vestido de pirata a los bailes de disfraces; primero, porque pensaba que los piratas tenían un don especial para encontrar los tesoros enterrados, y además, porque sus padres no tenían ganas de comprarle otro disfraz. Incluso había llevado aquel ridículo disfraz hacía poco, en su fiesta de despedida.

—Por mí no hay problema —dijo Sven, y empezó a desabrocharse su camisa—. Podemos cambiarnos la ropa si insistes. Pero primero me voy a nadar.

—¿Que te quieres ir a nadar? —exclamó el Pirata Solitario, perplejo—. ¿De verdad quieres nadar aquí? ¿En el océano? ¿Donde hasta los capitanes se escapan y prefieren hacerse profesores? ¿Donde barcos escuela enteros desaparecen sin dejar ni rastro?

Sven no siguió escuchando sus lamentaciones. Soltó la ropa encima de una silla, saltó los cuatro escalones hasta la arena y se lanzó al mar con un grito de guerra. El agua estaba agradablemente cálida, brillaba en la oscuridad y soltaba pompas. Las olas tenían la fuerza suficiente como para divertirse luchando contra ellas, pero no tanta como para tenerles miedo. Además venían con la frecuencia suficiente como para poder subir a respirar antes de volver a zambullirse en la ola siguiente y atravesarla buceando. Sven no sabía hacer buenos nudos; en cambio, era buen nadador.

Entre tanto, ya había llegado cojeando el Pirata Solitario, y saltaba todo nervioso con su pierna buena para adelante y para atrás a la orilla del océano.

—¡Ten cuidado! ¡Sé prudente! ¡Como pirata, sólo

puedes nadar en mares! ¡Y esto es un océano! ¡Aquí se hunden barcos!

—¡Miedica! —le gritó Sven.

Luego, siguió jugando un rato con las olas, hasta que por fin, exhausto, volvió a la playa. Se sentía estupendamente fresco y dio unas vueltas en círculo para sacudirse las gotas de agua. Entonces se quedó parado delante del Pirata Solitario, que acababa de liarse otra vez con su sable.

—Bueno —le dijo—. Si quieres, ahora podemos cambiarnos la ropa, gallina.

—Eso no será necesario en esta clase de fiesta de disfraces —cuchicheó el Pirata Solitario—. Basta con que nos pongamos de acuerdo en que tú vas de Pirata Solitario y yo soy tú.

Con estas extrañas palabras volvió a dirigirse al chiringuito. Mientras andaba, mantenía la cabeza ladeada, posiblemente porque, como llevaba el parche en el ojo, no veía bien. Su enorme sable iba dejando un surco en la arena. Pronto lo adelantó Sven.

—¿Entonces cómo va a funcionar? —preguntó.

—Muy fácil —cuchicheó el Pirata Solitario—. Si tú eres yo, y yo soy tú, ya estamos disfrazados. Tú eres el Pirata Solitario disfrazado de Sven, y yo soy Sven disfrazado de Pirata Solitario. No me dirás que Sven no va siempre disfrazado de Pirata Solitario, ¿no?

—Esto suena a cuento de locos.

—¿Hacemos el trato? —preguntó el Pirata Solitario con la cabeza ladeada. Mientras tanto, ya habían llegado a la terraza. Sven, aturdido, asintió con la cabeza y empezó a ponerse su ropa.

—En ese caso, debes perdonarme un momento —cuchicheó el Pirata Solitario excitado—. Hay que hacer algunos preparativos.

Y, con esas palabras, desapareció en dirección a la puerta de color azul marino.

Sven admiraba el crepúsculo al tiempo que se abrochaba la camisa. Se había secado enseguida, y aunque el salitre estaba pegado a su piel y le picaba un poco, no le molestaba. Tenía la impresión de que el sol estaba exactamente en el mismo lugar que cuando comenzó su aventura. Pero este tipo de cosas hacía tiempo que no le inquietaban, concretamente desde que se enteró de las cosas tan singulares que ocurrían en el mundo de los cuadros.

La fiesta sorpresa de disfraces

—LA fiesta sorpresa de disfraces queda inaugurada —anunció de pronto el Pirata Solitario, al tiempo que las contraventanas de color azul marino se abrían de par en par y una pintoresca y escandalosa comparsa se echaba a la terraza. En realidad sólo acompañaban al pirata otros tres personajes, pero armaban más jaleo que toda una comparsa.

Los tres recién llegados iban disfrazados de peces, con máscaras de ojos grandes, pintorescos trajes de escamas y relucientes aletas. Únicamente por debajo de las colas cosidas al traje les asomaban las piernas. No resultó fácil acomodarse en las mesas, porque, aunque no formaban un grupo numeroso, era complicado repartirse equitativamente. Una vez que consiguieron encontrar cada uno su mesa y sentarse de manera aparatosa, empezaron a golpear los platos con los cubiertos.

—¡Sardina, sardina, la clara sardina! —coreaban las máscaras al unísono.

Poco después, se presentaba otro personaje en la puerta del chiringuito. Llevaba un traje azul claro de medusa gigante y, a pesar de que con tanto tentáculo no parecía muy cómodo, consiguió encender todos los farolillos, no sin tropezar y emitir gemidos en varias ocasiones.

—¿Dónde está la sardina, la clara sardina? —gritaron los tres peces siguiendo el mismo compás.

La medusa se introdujo en el chiringuito con andares de pato y seguidamente salió para repartir grandes fuentes de pescado por las mesas. Entre tanto, el Pirata Solitario se había sentado frente a Sven, y empezó a servirse trozos de pescado a cucharones. Sven lo observaba con cara de asco.

—¡Pero si son sardinas de verdad! —exclamó—. Y no parecen muy claras, sino más bien algo achicharradas. ¡Qué asco!

—¿Qué esperabas? —le contestó el Pirata Solitario con la boca llena—. ¿Acaso crees que nosotros podemos pescar bollitos y cruasanes en el mar? Por esa regla de tres, podríamos ponernos a pescar el barco hundido.

—Claro —berreó la medusa, de espaldas a Sven—. ¿Te parece posible que pesquemos cruasanes, trozos de bizcocho o barcos?

Y, con esas palabras, dando un fuerte golpe sobre la mesa, puso otra fuente repleta de cruasanes y polvorones. Sven cogió un polvorón y le hincó el diente con cuidado. Aunque estaba muy seco y sabía algo a arena, era mejor que las apestosas sardinas.

—Deberías presentarme a los demás —le dijo al Pirata Solitario—. No sería de buena educación no hacerlo.

—¿Y eso de qué serviría? ¿Por qué tengo que presentarte yo a alguien si tú mismo puedes presentártelo utilizando tu imaginación?

Sven dejó el polvorón a un lado y se levantó de su silla suspirando. Él era un chico muy educado, y si el Pirata Solitario no quería presentarlo, tendría que hacerlo por sí mismo. Así que se acercó a la mesa de al lado, en la que había un pez con el traje lleno de manchas de comida, y le dijo:

—Me llamo Sven. ¿Y tú quién eres?

El personaje levantó la cabeza, se quedó mirándolo un rato con sus grandes ojos de pez, y luego dijo:

—Ya que hablamos de disfraces, ¿qué clase de disfraz llevas tú?

Sven no recordaba que estuvieran hablando de disfraces, y, antes de que pudiera mediar palabra, el Pirata Solitario ya se había acercado a la mesa.

—Es un pirata solitario que se ha disfrazado de chico —le susurró al oído a la máscara de pez.

—O sea, que otro ladrón de los mares solitario, ¿no? —preguntó la máscara de pez—. Te ha quedado muy mono, máxime teniendo en cuenta que aquí hay pocos barcos que abordar. Dicho sea de paso: contamos con muchos piratas solitarios, más de los que necesitamos. Y, hablando de máscaras, ¿qué te parece la mía?

—Me parece que ahí dentro se debe de sudar bastante —dijo Sven, y se sentó.

—Pero merece la pena. En realidad, yo soy Tramposo. Hoy me he disfrazado de «Malvado Pastor de Sapos». Mi obra de arte no ha quedado nada mal, ¿verdad?

Entre tanto, también los demás habían acercado sus sillas a la mesa.

—Yo soy el Malvado Pastor de Sapos —explicó uno de ellos—. Pero hoy represento a «Cochino Ruidoso»; lo llaman así porque es el que más ruido hace comiendo.

—Entonces, tú tienes que ser Cochino Ruidoso disfrazado de «Tramposo» —dedujo amablemente Sven mientras miraba al tercero de ellos. Tenía la impresión de que ya iba entendiendo cómo funcionaban allí las fiestas de disfraces: uno se disfrazaba del otro.

—¡Desde luego que no, desde luego que no! —protestó muy ofendido el personaje al que Sven se había dirigido—. Yo represento, naturalmente, al Gran Enemigo del Arenque. Salta a la vista que no tienes mucha idea de peces. Salta a la vista que no eres más que uno de esos grumetes que no sirven para nada y que no tienen ni idea de la navegación, ni de hacer nudos.

Al oír estas palabras, el Pirata Solitario, que de pronto parecía querer hacerse más pequeño de lo que ya era, se sobresaltó.

—No te molestes por las palabras de esta fallida máscara —le confió Tramposo a Sven—. El Gran Enemigo de los Arenques siempre está de mal humor cuando hay arenques o sardinas para comer.

—No te creas nada de lo que Tramposo te diga

—metió baza el Malvado Pastor de Sapos—. Los tramposos mienten hasta cuando echan una mirada por la cofa.

—Si yo fuera tú —intervino Cochino Ruidoso mientras escupía con asco una cola de sardina al plato—... Si yo fuera tú, no hablaría con alguien tan grosero como este sapo.

—¡Pero si tú también has hablado con él! —protestó Sven.

—Porque yo no soy tú —manifestó Cochino Ruidoso.

—Y si yo estuviera en tu lugar —añadió Malvado Pastor de Sapos—, lo primero que haría sería preguntarle al Pirata Solitario por qué deja que se hunda un barco escuela que no está en peligro si se tiene miedo a nadar.

Sven se encogió de hombros y tomó otro trozo del polvorón seco. No creía que aquellas máscaras de pez dijeran sus recomendaciones con mala intención. Toda esta conversación le iba recordando, cada vez más, a la loca reunión de té de *Alicia en el país de las maravillas.* No se habría extrañado nada si de repente hubiera aparecido un adormilado lirón en alguna de las jarras de té.

Mientras tanto, los demás conversaban intensamente y con las bocas llenas sobre barcos hundidos. De vez en cuando, la medusa retiraba las bandejas de raspas y traía más montones de sardinas. Los farolillos se balanceaban en el aire de la noche y repartían una alegre luz mientras las olas golpeaban la arena. Por lo demás, no ocurría nada.

—Por una fiesta sorpresa de disfraces entiendo yo otra cosa —dijo Sven dirigiéndose al Pirata Solitario.

—Eso duele —cuchicheó el Pirata Solitario—. Lo siento, pero tengo que decirte que tu actitud es extremadamente dolorosa.

—Pero en las fiestas de disfraces que hacíamos en casa organizábamos juegos. Nosotros no permanecíamos sentados simplemente comiendo pescado apestoso.

—¿Qué clase de juegos? —quiso saber Cochino Ruidoso—. ¿A qué jugabais? Si yo fuera tú, me explicaría mejor.

—¡Claro que sí! —exclamó el Malvado Pastor de Sapos—. Si yo fuera él, me explicaría mucho mejor.

—Y si yo estuviera en su lugar —añadió Tramposo—, ya hace rato que me habría exprimido como un limón.

—Por ejemplo, se puede sacar la miga de los panecillos y amasar pequeñas bolas —dijo Sven, haciendo una demostración para que de una vez dejaran de hablar sobre lo que harían en su lugar.

Y fue mano de santo, porque tanto Tramposo como Cochino Ruidoso y Pastor de Sapos dejaron de charlar y, con cara de concentrados, empezaron a imitarlo sacando la miga de los panecillos, partiéndola en trocitos y amasándola.

—Y si después se hacen unas ranuras por encima con la uña, vuelven a parecer diminutos panecillos —siguió explicando Sven.

Se podía haber partido de risa al ver cómo imitaban sus tonterías, pero consiguió mantenerse igual de serio que sus compañeros de mesa.

Por fin habían terminado de decorar los panecillos. Hasta la medusa había puesto empeño, pero, aunque intentó amasar con mucho disimulo una apestosa sardina, no le salió en condiciones.

—Y ahora se puede bombardear a alguien con los pequeños panecillos —dijo Sven, que ya no se podía aguantar la risa por más tiempo y explotó, mientras lanzaba un mini-panecillo a la cabeza del Pirata Solitario. Éste se quedó como si le hubiera caído un jarro de agua fría.

Sin embargo, a los demás debió de parecerles que la idea no estaba tan mal. Cada uno se proveyó de unos cuantos obuses de miga de pan y, mirando con rostro circunspecto al blanco, apuntaba y disparaba: Tramposo a Cochino Ruidoso, Cochino Ruidoso a Pastor de Sapos y, finalmente éste a Tramposo. Una vez que acabaron se quedaron mirando a Sven con expectación.

—Bueno, esto ya está —dijo Tramposo al cabo de un rato—. ¿Y ahora qué?

—Podríamos hacer una *gymkhana* —propuso Sven—. Alguien esconde un montón de papelitos y al final se encuentra un tesoro enterrado.

Ante esta propuesta, todos empezaron a ponerse muy nerviosos.

—¡Una *gymkhana!*—gritó Tramposo, dando tal brinco que su silla cayó al suelo—. ¡Eso está bien! ¡Buscad los papeles! ¡Buscad el tesoro enterrado!

También los demás se levantaron de sus asientos dando golpes y gritando a coro:

—¡*Gymkhana, gymkhana,* para que no nos salgan canas!

—Pero primero hay que enterrar un tesoro y preparar las papeletas —los interrumpió Sven.

—Eso es del todo innecesario —le murmuró el Pirata Solitario al oído—. El tesoro está enterrado en la playa. ¿Dónde iba a estar si no?

Sven no entendía por qué el Pirata Solitario seguía cuchicheando si los demás ya se habían bajado a la playa. La terraza había quedado en unas condiciones lamentables: las sillas, patas arriba; la vajilla, rota; los farolillos, bailando como en un terremoto; y en el suelo se había formado una capa de grasa maloliente al pisar las sardinas.

Se quedó atónito observando lo que aquellos extraños seres hacían. Se habían repartido a lo largo de la playa y habían empezado a escarbar en la arena y a sacar toda clase de artilugios, a los que llamaban «hallazgos», que se iban restregando por las narices con gran alboroto: trozos de madera ennegrecida por el salitre, trozos de huesos de ballena, caparazones de cangrejos, conchas rotas, piedras que parecían canicas, manojos de hierbas y algas marinas.

—¡Pero si así no se hace! —dijo Sven al Pirata Solitario, y se echó a reír—. Primero, antes de empezar a buscar el tesoro, se necesita el mapa.

—Ahí te doy toda la razón —dijo el Pirata Solitario—. Antes de que nuestro capitán se escapara, también lo hacíamos así. Bajemos a la playa y enseñémosles cómo se hace.

Mientras andaban hacia la playa, en la que todos

seguían cavando y haciendo montones de arena cada vez más altos, Sven se dio cuenta de algo:

—¡Pero si tampoco nosotros tenemos ningún mapa del tesoro!

—Pues claro que lo tenemos —replicó el Pirata Solitario ofendido—. Un pirata sin un mapa del tesoro es como el mar sin agua. Es doloroso que puedas pensar que no tenemos un mapa del tesoro.

Y le entregó con gran solemnidad un pedazo de papel doblado que había sacado de debajo de su sombrero. Sven lo abrió. Justamente en el centro había una enorme cruz roja pintada. Sven giraba el papel de aquí para allá, examinándolo por todos lados, estupefacto, porque aquello no era sino un trozo de papel algo sucio, con una cruz roja y con cierto olor a sardinas.

—Esto no es un mapa del tesoro —concluyó—. La cruz se hace sobre el lugar donde está enterrado el tesoro.

—Esa afirmación es dolorosa —cuchicheó el pirata, que obviamente se hería con facilidad—. Esa afirmación es extremadamente dolorosa.

—Pero desgraciadamente cierta —sentenció Sven.

—¡Desde luego que no, desde luego que no! —se escuchó al Malvado Pastor de Sapos, que se había acercado a ellos sin que se dieran cuenta—. Un mapa de éstos es mucho más práctico que eso de lo que estás hablando. Porque, en cualquier parte del mundo que pongas este mapa, automáticamente habrá un tesoro enterrado.

—¡Vaya tontería! —dijo Sven, que ya se estaba empezando a hartar.

—Si yo fuera tú —le advirtió el Pastor de Sapos ofendido—, probaría con uno de estos mapas antes de hacerme el listillo.

—De acuerdo —aceptó Sven descarado, y dejó caer el mapa. El papel dio unas cuantas vueltas en el aire y luego se quedó parado justo delante de sus pies.

—¡Mirad todos! ¡Venid aquí! —murmuró enseguida el Pirata Solitario, dando una patada a su sable—. Ahí, donde está el dedo gordo de Sven... ¡Mirad la cruz! ¡Ahí tiene que haber un tesoro enterrado!

—No te lo crees ni tú —dijo Sven testarudo.

—Si yo fuera tú —le recomendó Tramposo acercándose rápidamente—, empezaría a cavar en este sitio ahora mismo.

—Y si yo fuera tú —añadió Cochino Ruidoso—, empezaría a cavar en ese lugar sin pensármelo dos veces y sin ninguna demora. Me daría igual cuántos restos de polvorón me quedaran entre los dientes.

Sven se agachó suspirando, recogió el trocito de papel del suelo, se lo metió al bolsillo y empezó a apartar la arena con las manos. Estaba convencido de que no iba a encontrar nada, pero no quería aguarles la fiesta a los demás.

A medida que profundizaba, la arena se volvía más húmeda y dura, y después de un rato tocó algo que parecía una cadena fina de metal. Siguió cavando sin muestras de contento y apareció una cadena de latón como las que se usan para colgar el tapón del desagüe del lavabo.

—Aquí tenéis vuestro tesoro —dijo. Se levantó y se sacudió la arena de las manos.

—No hay ninguna duda. El mapa es determinante en este aspecto —aseguró el Pastor de Sapos respetuoso.

Sven removía sin ganas la arena del agujero con su pie, pero sólo veía más trozo de cadena. Después de un rato, cuando el agujero era bastante profundo y empezaba a llenarse de agua, se rindió.

—Vaya tesoro más tonto —dijo—. El final de la cadena brillaba en la arena.

—Pero al menos es un tesoro —se conformó Tramposo, realmente satisfecho—. Con él y con sus fantásticos y novedosos juegos, esta fiesta de disfraces ha encontrado su culminante fin.

Diciendo estas palabras, se dio media vuelta, enganchó del brazo a Pastor de Sapos y a Cochino Ruidoso y se marchó en dirección al chiringuito, sin despedirse y sin volver la mirada ni una sola vez. La máscara de medusa iba tropezando tras ellos. Sven y el Pirata Solitario volvían a quedarse solos.

La playa estaba tranquila y centelleante. Las olas, perezosas, fueron cubriendo los agujeros que había por todas partes, hasta no dejar rastro de ellos.

El sol seguía sin acercarse al horizonte. Los farolillos del chiringuito se apagaron, las mesas quedaron en orden y se cerraron las contraventanas.

—No son muy amables que se diga —observó finalmente Sven—. Será mejor que me vaya a casa.

—No tan deprisa —cuchicheó el Pirata Solitario cogiéndolo por el hombro—. Los mejores tesoros suelen ser aquellos que no se reconocen. A lo mejor debes averiguar más sobre el misterio de la cadena. Quizá sólo tienes que ensayar un poco más con este mapa. Puedes quedártelo.

—Gracias —dijo Sven, que aún tenía aquel papel inservible en el bolsillo—. A cambio, te permito excavar el estúpido tesoro.

—Bueno —dijo el Pirata Solitario ofendido, y se cambió de ojo el parche—. Nosotros somos lo suficientemente fuertes como para asustar a cualquiera. Podemos ocuparnos por nosotros mismos de tesoros de cadenas enterrados. Pero no me digas en tu próxima visita que no te lo advertí. No te extrañes si, entre tanto, he encontrado todo un barco pirata escolar.

También él se dio media vuelta y se fue cojeando hacia el chiringuito. Sven, desconcertado, se quedó mirando cómo se empequeñecía en la distancia. Después emprendió el camino a casa.

Cansado de nadar y de las emociones vividas, trepó por las dunas. Allí se puso los calcetines y las zapatillas de deporte. En su piel seguía sintiendo el salitre del océano. Las palmas susurraban y crujían con el viento. El cuadro que mostraba el taller de la abuela seguía estando en lo alto de la duna. Al menos esta vez no se había perdido.

Se metió en el cuadro y un instante después estaba de nuevo en casa. Decidió apagar de una vez la lámpara, debajo de la cual seguía estando la cebra de peluche. Ya hacía suficiente calor en su refugio.

La ciudad silenciosa

POR la noche, Sven soñó que estaba tumbado en su cama y que algo suave y cálido lo despertaba lamiéndole suavemente la mejilla. Cuando abrió los ojos en su sueño, reconoció a Sofía entre la penumbra de la noche que entraba por su ventana.

De repente se acordó de que debía darle de comer. Éste era el problema de las cebras nocturnas: hay que darles de comer.

Se levantó de la cama y revolvió toda su habitación en busca de comida apropiada para cebras, pero sólo encontró un par de galletas rancias. Por suerte, a Sofía parecían gustarle. Debía de estar muy hambrienta después de todas las noches que había pasado junto al foco de la lámpara convertida en animal de peluche. Luego, la acariciaba y le daba golpecitos en el lomo, mientras se mostraba preocupado porque sus padres pudieran oír las pisadas de Sofía y notaba que, poco a poco, le iba entrando sueño.

Finalmente decidió que, al día siguiente, sería mejor dejar la lámpara encendida. Cuando Sofía volviera a convertirse en animal de peluche, podría guardarla, junto con el resto de objetos del mundo de los cuadros, en el maletín de la abuela, donde no tendría sitio suficiente para su conversión. O eso, o encontrar una explicación convincente para que su padre y su madre se tragaran la historia de las cebras nocturnas. Pero en aquel momento no podía tomar una decisión, porque tenía demasiado sueño. Al final de su sueño, le dio un beso en los belfos a Sofía y se acostó en su cama, durmiéndose enseguida.

A la mañana siguiente no se acordaba de nada. Volvió al odiado colegio y lo soportó como pudo. Alex el gordo se acercó a él y le dijo al oído:

—Oye, ¿tú montas a caballo?

—Yo no sé montar a caballo.

—Pues hueles a caballo. Yo sé muy bien cómo huelen los caballos, porque mi abuelo tiene una granja.

—Eso. A mí también me parece que huele a caballo —remachó Ada, que estaba detrás de ellos.

A Sven no se le ocurrió decir nada, y tampoco tuvo que hacerlo, porque la señora Hartel preguntó enfadada:

—¿Por qué no nos contáis vuestra interesante conversación?

La verdad es que no era eso lo que querían precisamente, así que Alex el gordo se quedó tan cortado que Sven no pudo contenerse la risa. Luego, Sven imitó la voz del señor Habersatt al dar una respuesta en clase de dibujo. El profesor se lo tomó muy a pecho, y le echó en cara que, ya que su abuela sentía devoción por la pintura, él no se lo tomara un poco más en serio. Esto les hizo mucha gracia a Ada y a Alex el gordo.

Por la tarde subió al taller de su abuela. Sofía, la cebra nocturna, volvía a ser un animal de peluche, pero no estaba en el mismo lugar que el día anterior. Por si acaso, Sven la metió en el maletín.

No tenía muchas ganas de viajar por los cuadros. Aunque todavía le quedaban muchos por visitar, algún día estarían todos gastados, puesto que el truco sólo funcionaba una vez con cada uno. Al pasar el pincel por los cuadros que ya había visitado —la despensa de Villa Diminuta, el Desierto Interior, el mundo de la jungla y la playa—, comprobó que la piel de globo invisible se iba endureciendo cada vez más. Casi parecían lienzos normales y corrientes, y se hacía imposible entrar en ellos. Se podría pensar que todo había sido una simple ilusión de Sven.

Pero él sabía que lo que aquellos cuadros encerraban no era ninguna ilusión. Podría probar con el cuadro de la extraña y oscura ciudad: aún no había estado allí y podría visitarla cuando quisiera; sin embargo, jugueteaba con el pincel dando algunos golpecitos en la superficie del cuadro, sin intención de introducirse en él.

Lo que ocurrió de pronto fue sorprendente: no es que Sven se metiera en el cuadro, sino que el cuadro, literalmente, lo absorbió. Al igual que si se hubiera introducido en un remolino gigantesco y viscoso, empezó a dar vueltas a una velocidad de vértigo, sin poder controlar su propio cuerpo. Según giraba, se golpeó la cabeza contra algo, de forma que se le nubló la vista y a punto estuvo de desmayarse. Después empezó a caer interminablemente por las escaleras de piedra que se veían al lado derecho del cuadro.

Cuando por fin se detuvo, se quedó inmóvil, tumbado durante un rato, y pensó que quizá estuviera muerto. Luego se le ocurrió que seguramente a los muertos no les daba por pensar si estaban muertos o no, y movió los brazos y las piernas, que, para su sorpresa, no le dolían tanto como sospechaba. Dedujo que, como no estaba muerto, lo mejor sería levantarse y ver dónde se encontraba.

Se levantó. Se encontraba al pie de una escalera interminable que se empinaba hacia las nubes, negras y amenazantes, perdiéndose en ellas, y de la que partían otras muchas escaleras y arcos. Sin duda alguna, había aterrizado en la ciudad oscura.

Desde un principio, la sola mirada del cuadro le había causado inquietud, y ahora que estaba sumergido en su mundo, le parecía aún más siniestro.

Oscuros abismos separaban las casas y sus tenebrosas fachadas de mármol de un laberinto de escaleras y arcos que desembocaban en la interminable escalera principal.

Todo estaba desierto. Y, envolviéndolo, las nubes negras se disolvían para volver a apelotonarse, como si intentaran ocultar algo horrible a las miradas de cualquier curioso. Pero no siempre lo conseguían: entonces asomaba entre ellas un pálido haz luminoso, que tan pronto lucía de color amarillo, como rojo o violeta. Sven observó que el aire no se movía lo más mínimo, con lo que no se podía explicar los cambios tan rápidos de las nubes. Reinaba un silencio aterrador y, sin embargo, ni siquiera podía oír sus propios latidos.

«Debería marcharme de aquí enseguida —pensó. Subiré esas escaleras y me largaré cuanto antes.»

Así que se puso en camino. Al principio intentaba pisar con sumo cuidado para no hacer ruido, pero pronto se dio cuenta de que no hacía falta esmerarse tanto, porque, a pesar de que los escalones parecían de piedra, su superficie estaba recubierta de un material musgoso y gris que se tragaba el más mínimo murmullo. Tal vez por eso no se había hecho ninguna herida al caer.

Comenzó a andar más deprisa, siempre hacia arriba. A veces dudaba entre tomar una bifurcación, una escalera lateral, o seguir recto, porque en realidad no se acordaba desde dónde se había caído. Aun sabiendo que esta manera de proceder no solía funcionar, lo echaba a suertes.

Cuando, en medio de las nubes fugaces, llegó al último escalón, donde reinaba una calma chicha absoluta y donde no había ni rastro del cuadro que lo devolvería a casa, descubrió que aquella escalera no llevaba a ninguna parte. Simplemente terminaba allí.

Poco a poco le iba entrando verdadero miedo. Bajó un tramo corriendo, y probó con una de las escaleras laterales, pero tampoco conducían a ninguna parte. Lo intentó varias veces, y pronto se dio cuenta de que lo mejor que podía hacer era dirigirse a las calles abandonadas de la ciudad siniestra.

«No me voy a quedar aquí arriba para siempre —se dijo Sven—. En las demás aventuras también pasaban cosas extrañas, y al final siempre he salido bien parado.»

Sin embargo, mientras bajaba las escaleras, ya no estaba tan seguro de ello. Una cosa era entrar voluntariamente en el mundo de los cuadros, vivir cosas extrañas e increíbles en ellos y después volver, y otra muy distinta que uno sea literalmente absorbido por un cuadro que le hace dar más vueltas que una peonza y lo suelta en un mundo del que no hay salida y en el que se encuentra vagando completamente solo.

Por fin llegó al pie de la escalera. Allí tomó una calle que llevaba hacia una de las oscuras gargantas de edificios donde desembocaban otras calles. Todas parecían asfaltadas con el mismo tipo de musgo que las escaleras, porque Sven seguía sin poder oír sus pasos. Al acercarse a las primeras casas, descubrió que entre el asfaltado se encendían una especie de flechas luminosas e intermitentes de colores chillones: amarillo, rojo y violeta. Parecían responder a alguna señal de los resplandores que a veces asomaban entre las nubes.

Todo ocurría sin ningún tipo de ruido y resultaba de un absurdo total. Las flechas luminosas aparentemente no indicaban a ninguna parte en concreto. Cambiaban continuamente de dirección: si una flecha amarilla señalaba hacia la izquierda, inmediatamente después, una violeta señalaba hacia la derecha. Sven empezó a ignorarlas, pero le inquietaban.

En el primer edificio que se encontró, y que iniciaba una hilera de casas oscuras y silenciosas, se detuvo y abrió la puerta de entrada. Era de cristal gris ceniza y estaba fuertemente cerrada.

—¡Hola! —llamó—. ¡Hola! ¿Hay alguien ahí? —pero, aparte de su tímida voz, no se oía nada.

Continuó su camino por la silenciosa ciudad, rodeado de las absurdas flechas luminosas, a las que ahora se sumaban las luces intermitentes de los semáforos.

Aunque aparte de él mismo no había ningún tipo de tráfico, se detuvo ante uno de aquellos semáforos, hasta que le permitiera cruzar la calle. Su padre le había repetido muchas veces que debía respetar los semáforos, ya que para eso se habían tomado la molestia de ponerlos. Estaba esperando pacientemente cuando descubrió que, a media altura del poste, había un cajetín cuya tapa transparente dejaba ver un botón. Normalmente, estos botones se utilizan para cerrar el paso a los vehículos y dejar vía libre a los peatones. Claro que quizá también sirviera para pedir ayuda en caso de apuros.

Sin duda alguna, Sven se encontraba en un apuro, y deseaba cruzar aquella calle desierta. Tuviera la finalidad que tuviera aquel botón, siempre lo estaría utilizando correctamente. Y, en el peor de los casos, cometería un uso indebido.

Pulsó el botón con firmeza. Al principio no ocurrió nada, pero poco después empezó a crujir algo en el interior del cajetín, como si de repente se hubiera puesto en marcha un altavoz oculto. Un escalofrío le recorrió la espalda. Volvió a oír un crujido, y una voz monótona preguntó por el altavoz:

—¿Quién eres tú y qué haces en la calle?

—Soy Sven. Me he perdido.

—Conque Sven, ¿eh? —dijo la desagradable voz—. Tengo que comprobarlo primero. Espera, y no te muevas de donde estás.

De buena gana se hubiera echado a correr, pero tenía edad suficiente para saber que, una vez que uno se pierde, no puede echarse a correr así como así. El echar a correr sólo suele empeorar las cosas. Sven había oído historias sobre niños que habían salido corriendo y a los que nadie volvió a ver jamás.

Así que obedeció y se quedó en el semáforo. Las nubes continuaban con su silenciosa y agitada danza, las flechas seguían parpadeando en las calles, rojas, amarillas, violetas, y las empinadas fachadas de las casas de piedra parecían absorber cada vez más la tibia luz con sus ventanas ciegas.

Por fin volvió a crujir la caja metálica de color gris oscuro, y dijo la voz:

—Aquí no tenemos a ningún Sven. Esto es un asunto muy serio.

—¿No me puede usted decir cómo puedo volver a casa?

—¡De eso, ni hablar! Primero hay que aclarar cómo has llegado hasta aquí y por qué. El archivo no sabe nada de ti. Lo demás ya se decidirá.

—Pero yo preferiría irme a mi casa —manifestó Sven, realmente asustado.

—En la calle hay flechas. Síguelas de inmediato —ordenó la voz—. Sería una pena que tuviéramos que avisar a un policía de las sombras. Sí, sería una pena que tuviéramos que enviar a un policía de las sombras y a un par de ojosnocturnos para que te enseñaran modales.

El altavoz volvió a emitir su característico crujido y todo se quedó en silencio.

Sven se encogió de hombros. Y, aunque no tenía por qué tenerle miedo a un policía, puesto que había aprendido que, en caso de apuros, podía resultar beneficioso dirigirse a uno de ellos, la palabra «policía de las sombras» no le sonaba bien; no creía que se tratara del tipo de policía con el que un niño de doce años debería tropezarse cuando está perdido.

Temblando de miedo, miró hacia arriba. Sospechaba que de un momento a otro aparecería una bandada de ojosnocturnos volando entre las nubes, y entonces ocurrirían todas aquellas cosas terribles de las que le había hablado el Negro Cornflake.

Pero no fue así. El semáforo cambió a verde y por fin le dejó libre el paso. Justo delante de él se iluminó una de las flechas del asfaltado, y poco después se sucedieron otras; esta vez, todas señalaban en la misma dirección. Sven las seguía lentamente, a medida que se adentraba en la garganta de edificios. A su paso, las flechas luminosas desaparecían de la superficie musgosa y gris, como si nunca hubieran existido.

Cuando empezaba a pensar que su caminata no iba a terminar nunca, divisó a lo lejos un edificio lúgubre cuyas proporciones sobrepasaban con mucho a las de los demás. En la entrada, con grandes letras fluorescentes, ponía: «REGISTRO». Al llegar ante el edificio, una enorme puerta de dos hojas se abrió sin hacer ningún ruido. A Sven siempre le habían parecido siniestras las puertas que chirriaban, pero ahora se daba cuenta de que hubiera preferido que ésta hubiera sonado, incluso chirriando lastimeramente.

—¡Entra! —le ordenó la voz monótona—. Date prisa. No tenemos todo el día.

Subió los cinco escalones y atravesó la puerta, que volvió a cerrarse tras él tan silenciosa como se había abierto. Todo quedó completamente a oscuras.

De repente se encendieron luces por todas partes, y cuando sus ojos se acostumbraron a la deslumbrante claridad, pudo ver la descomunal sala que se abría ante él. Todas las paredes estaban repletas de cajas apiladas, llenas de millones y millones de ficheros que se perdían a una altura vertiginosa.

En el centro de la sala había un atril cuyo pie representaba una horrible máscara de payaso, no sonriente sino emitiendo un grito lastimero. Y detrás del atril se apoyaba una figura tan increíblemente negra que resultaba imposible reconocer ningún detalle en ella. Parecía

más bien una silueta, un agujero negro abierto en un universo sin estrellas. Pero lo más horrible de aquella singular figura eran sus gafas: de cristales de espejo, lanzaban rayos infrarrojos a todo lo que enfocaban. Y ahora lo estaban mirando a él.

—Acércate —dijo la silueta con su voz monótona—. No seas maleducado. Todos los niños que vienen aquí son así. Y nos preocupan mucho.

Sven intentó resistirse, pero sus pies dieron un par de pasos hacia adelante. Aunque se había acercado a la figura, seguía sin poder distinguir nada, aparte de los cristales de las gafas y una profunda oscuridad.

«Ésta es la negrura de los ojosnocturnos —se le pasó por la cabeza—. No es un negro normal, sino la total carencia de luz.»

—O sea, que dices llamarte Sven —prosiguió la voz como saliendo de un pozo profundo—. Y también dices haberte perdido...

—Pero si es verdad...

—¿No será que tú eres uno de esos mocosos sabelotodo que no tienen miedo del hombre del saco? ¿No será que tus padres te han querido enseñar lo que significa ser enviado al hombre del saco?

—Mis padres jamás me harían algo así.

—Yo no apostaría por eso —dijo la voz, y soltó una desagradable risa, como si no se lo creyera—. Todos los niños que llegan aquí son mentirosos. Nos preocupan mucho los niños mentirosos.

—Pero yo no estoy mintiendo, de verdad —insistió

Sven, desesperado—. Por favor, ¿puede decirme cómo volver a mi casa?

—Si no estás mintiendo, ¿cómo has llegado hasta aquí?

A través de un cuadro, estuvo a punto de contestar, pero, en el último momento, se tragó sus palabras. De repente se dio cuenta de que bajo ningún concepto debía revelarle a aquella horrible sombra de dónde venía y cómo había llegado al mundo de los cuadros. Intuía que ocurriría algo terrible si lo decía. Tenía miedo, sólo quería irse a su casa y no acordarse nunca más de sus escapadas por los cuadros.

—¿No hablas? Eres terco. Todos los mocosos que llegan aquí enviados por sus padres son tercos. Pero nosotros lo solucionamos.

—Nadie me ha mandado aquí —murmuró Sven en voz baja. Notaba que pronto empezaría a llorar.

—Hay un problema. Parece como si, efectivamente, tus padres no te hubieran enviado aquí según las reglas. Tus padres son un poco descuidados. Quieren que nos ocupemos de ti, pero han olvidado las formalidades. No encontramos tu inscripción.

«¿Qué padres enviarían a sus hijos a un sitio tan horrible? Sé que mi padre y mi madre nunca harían una cosa así, aunque estuvieran muy enfadados conmigo —se dijo Sven—. Y si de verdad hay aquí otros niños, ¿por qué no se ve a ninguno?»

—Posiblemente querían que yo hiciera una inscripción muy especial —prosiguió el hombre de las sombras sin cambiar de tono—. Bueno, eso no supone ningún problema. Haremos esa inscripción. Espera aquí y no seas maleducado.

Con estas palabras, se dio media vuelta, y Sven se sintió liberado de sus molestos infrarrojos. Se alejó sin aparentes movimientos de piernas, deslizándose como una sombra negra, y desapareció tras la pared del fondo, entre los millones de ficheros.

Los pasos invisibles del hombre de las sombras resonaban metálicos, y su sonido resultaba aún más amenazante que el absoluto silencio que hasta entonces había reinado en esa ciudad.

Sven luchaba desesperadamente contra las lágrimas, y notaba cómo le temblaba todo el cuerpo. Intentó darse la vuelta y salir corriendo. Pero sus piernas no lo obedecían y sus rodillas no dejaban de temblar.

El policía de las sombras

«TIENE que haber alguna forma de salir de aquí», pensó Sven, mientras el hombre de las sombras abría un fichero, sacaba algunos documentos y volvía a cerrarlo. Cada vez que cerraba uno de aquellos cajones sonaba como si se rompiera un hueso.

«He de ser muy astuto para encontrar el camino de vuelta a casa. Ni este hombre, ni el policía de las sombras, ni los ojosnocturnos deben saber la forma en que he llegado hasta aquí. Porque, si no...»

Si no, ¿qué? Sven no tenía ni la menor idea de lo que ocurriría entonces. Y tampoco quería saberlo.

«Lo mejor será que haga todo lo que este hombre me diga hasta que encuentre una ocasión oportuna. No es un plan muy inteligente, pero es el único que se me ocurre.»

Entre tanto, el hombre de las sombras había vuelto con pasos invisibles al atril de la máscara de payaso petrificada. La negra silueta de su mano sostenía unos cuantos formularios y una pluma estilográfica. De nuevo, los infrarrojos de sus gafas enfocaban hacia Sven.

—Ya he inscrito tu nombre —dijo con su voz monótona—. Ahora tenemos que saber lo que tus padres te dicen cuando te portas mal. ¿Te dicen que te va a coger el hombre del saco? ¿Te amenazan con la policía o te encierran en un sótano oscuro? ¿Quieren enviarte a un orfanato lleno de barrotes o al médico para que te ponga un par de inyecciones?

—Mamá y papá nunca me han dicho esas cosas —sollozó Sven.

—Muy mal por su parte. A la gente de las sombras nos agrada ocuparnos de los niños, pero un poco de ayuda por parte de los padres simplifica la labor. Es necesario que sepamos a qué le tienen miedo los niños malos. Nos preocupa enormemente cuando los niños mentirosos no se pueden comportar como adultos.

Sven aspiró fuertemente por la nariz. Aunque intentaba no quedarse mirando fijamente a aquellas gafas, no lo conseguía. «Espero que esto sólo sea una pesadilla —cavilaba—. Espero despertar cuanto antes.» Pero no era una pesadilla, y tampoco se despertó.

—¿Ves aquella cortina de allí? —preguntó el hombre de las sombras señalando hacia atrás.

En efecto, había una cortina que ocultaba algunos ficheros. Era tan pequeña que, comparada con las dimensiones del registro, resultaba ridícula. Los motivos que la decoraban no eran sino el bordado de varias máscaras de payasos similares a las del atril.

—¿Quieres saber lo que creemos? —prosiguió la voz monótona—. Creemos que deberíamos guardar tu inscripción detrás de esa cortina. Opinamos que hay buenas razones para guardar tu inscripción detrás de una cortina como ésa. ¿Qué te parece, Sven?

Resignado, el chico se encogió de hombros.

—No te gusta contestar, ¿eh? Bien, bien. Ya hemos encontrado otra cosa con la que impresionar a nuestro pequeño Sven, que no quiere hacerse mayor. Vamos a probarlo.

Escribió algo en sus formularios y pulsó un interruptor oculto. De pronto se apagaron todas las luces. Se hizo completamente de noche. Sven contuvo la respiración mientras sus ojos se acostumbraban a la oscuridad. Poco a poco fue reconociendo la cortina de las máscaras, sólo que aparentaba estar mucho más cerca y no era pequeña, sino que ocupaba todo su campo visual. Sin embargo, lo más temible era que se movía.

Sven podía sentir cómo uno de los enormes pliegues repleto de aquellas horribles máscaras se deslizaba lentamente por la oscuridad, acercándosele. Cuando lo miraba fijamente, el pliegue permanecía inmóvil, pero, en cuanto volvía la vista, detectaba su movimiento por el rabillo del ojo y, si entonces volvía a mirar, el pliegue no se movía pero estaba más cerca.

Algo realmente espantoso parecía esconderse detrás de aquel pliegue, por eso se servía de la oscuridad para intentar acercarse.

—¿Qué podrá ser eso? —preguntó en voz baja y misteriosa el hombre de las sombras—. Parece como si nos estuviera acechando un policía de las sombras, ¿no es así?

Sven apretó fuertemente los dientes para que no empezaran a castañetearle. ¡Sí, ahora lo veía claro! Era un policía de las sombras que la había tomado con él. Aunque intentaba con todas sus fuerzas alejarse del pliegue, que seguía acercándose, era incapaz de mover ni un solo músculo. Allí, pegado al suelo, escuchaba los latidos de su corazón y su respiración desacompasada, y tenía tanto miedo que deseaba poder morirse de una vez.

De repente se encendieron todas las luces y la cortina volvió a ser pequeña e insignificante; estaba de nuevo ante los ficheros, en aquella pared lejana de la sala.

—Ahora entenderás por qué queremos guardar tu inscripción detrás de una cortina como ésta —dijo el hombre de las sombras—. Tus padres han sido muy descuidados a la hora de enviarte con nosotros, pero, de todas formas, nos hemos ocupado de ti. Si vuelves a causar problemas a tus padres, estaremos al tanto. Tenemos hasta un regalo de recuerdo para mocosos como tú.

Agitó una mano negra como la noche y con aspecto de garra ante la cara de Sven. Sostenía un pañuelo cuidadosamente doblado y, en un abrir y cerrar de ojos, lo desplegó con tal habilidad que dejó ver la máscara de payaso que llevaba bordada en el centro. Con la misma rapidez y soltura, y sin servirse de la otra mano, hizo un nudo en una de las esquinas del pañuelo para deshacerlo inmediatamente.

—Conoces el truco del nudo en el pañuelo, ¿verdad, Sven? —preguntó como si explicara un inofensivo juego de magia—. Uno hace un nudo en un pañuelo para no olvidarse de algo. Nosotros necesitamos un nudo de éstos para no olvidarnos de ti. Y tú necesitas un nudo para no olvidarnos.

Entonces notó que la garra de un ave le apretaba por la muñeca, congelándosela.

—Haz tu nudo —le ordenó el hombre de las sombras bruscamente.

—Me está haciendo daño —sollozó Sven. Las lágrimas le recorrían la cara y le goteaban por el cuello, pero no le importaba. Aquella mano negra estranguladora iba apretándole más y más, hasta que no pudo soportar el dolor e hizo algo con el horrible pañuelo. Cuando lo miró, había un nudo en él.

—Bueno, ya está —el hombre de las sombras le soltó la muñeca y le metió el pañuelo en el bolsillo del pantalón—. Todo en orden. Eres un niño muy mentiroso y maleducado, pero eso ya no importa, porque ahora podemos ocuparnos de ti. Irás a donde mandan los padres a todos los niños mentirosos y maleducados.

—Está bien —aceptó Sven con voz temblorosa.

—Tenemos una casa para ti solito. Disponemos de una casa, silenciosa y oscura, para cada uno de los niños que vienen aquí. En ella pueden estar a solas consigo mismos y con aquello que hemos apuntado en su ficha. Algunas de esas casas silenciosas tienen hasta un teléfono. Te gustará.

Entonces empezó a escribir en sus formularios. Sven creía que ya se había olvidado de él cuando sus malditas gafas volvieron a mirarlo.

—Vete de una vez. ¿A qué estás esperando? Sólo tienes que seguir las flechas de la calle. Alguien te acompañará para que no te vuelvas a perder. Nos dan mucha pena los niños aturdidos que se pierden constantemente.

De pronto, las piernas de Sven parecían dispuestas a obedecer. Se dio la vuelta y, todavía medio paralizado de miedo, se dirigió a la puerta.

—Una casa oscura con muchas cortinas para ti solo —se rió la voz a sus espaldas, como si estuviera tosiendo—. Te sorprenderás de la cantidad de cortinas que hay allí. Verás cómo te encanta. Nosotros estamos realmente muy preocupados por ti.

Entonces fue cuando Sven empezó a correr. Salió corriendo por la puerta hasta la siniestra calle, en la que volvían a lucir las flechas intermitentes. Pero no se preocupó más por ellas. Siguió corriendo sobre el asfalto que se tragaba todo ruido. Y bajo las nubes fugaces, que parecían esconder algo horrible y entre las que asomaban destellos amarillos, rojos y violetas. Corrió y corrió hasta que sintió unos pinchazos en el pecho y apenas podía respirar. Corrió y corrió girando tan pronto a la izquierda como a la derecha, recorriendo calles siempre nuevas y oscuras. Corrió hasta que ya no pudo más. Hasta que las sienes le golpearon de cansancio y se derrumbó, quedando tumbado entre oscuros edificios, uno de los cuales estaba previsto para él.

Y de repente, en un instante terrible, escuchó dos pasos. Los siguió el silencio, pero había oído el ruido metálico. Aunque resultaba extraño oír pasos en un suelo que se tragaba cualquier ruido, Sven sabía que no se había equivocado. Aterrorizado, volvió a levantarse. Apenas podía mantenerse en pie. ¡Estaban tras él! ¡Había corrido sin parar, y le pisaban los talones desde el primer momento!

Intentó seguir corriendo, pero sólo era capaz de arrastrar sus pies y tenía que parar de vez en cuando. Mientras él se moviera, los pasos no sonaban. Pero, en cuanto se detenía, volvían a oírse; siempre sólo dos, y siempre justo detrás de él, como para demostrarle que no podía escapar. Sven no se atrevía a volver la cabeza para ver quién o qué lo estaba persiguiendo, porque estaba seguro de que se caería muerto en el mismo instante en que lo hiciera.

De pronto se iluminó una flecha justo delante de sus zapatos. ¡Era de color turquesa! Sven se detuvo. Muy cerca de él escuchó dos pasos, luego hubo silencio. La flecha de color turquesa señalaba hacia un edificio distinto del resto, hacia un comercio pequeñísimo sobre el cual se leía: «MARCOS», y en cuyo escaparate se podían ver cuadrados completamente turquesa en marcos lacados también en color turquesa. La puerta estaba entreabierta.

Desesperado, Sven dio un paso en aquella dirección y agarró el pomo de la puerta. A su espalda escuchó dos pasos. Fuera lo que fuera lo que lo estaba persiguiendo, lo tenía a tan sólo un dedo de su nuca. En un último esfuerzo, abrió la puerta y se metió dentro. Al entrar sonó una campanilla, que volvió a escucharse cuando cerró la puerta. El comercio estaba vacío. Se escondió detrás del mostrador y, manteniendo la respiración, permaneció atento. Desde fuera le llegó el sonido de los dos pasos; luego, volvió el silencio. No se atrevía a mover ni un solo dedo. Volvió a oír los dos pasos, pero esta vez más lejos. Y luego todo se quedó en silencio.

Sven se iba tranquilizando. Le parecía la mayor de las suertes poder quedarse allí, debajo del mostrador, aunque fuera para siempre, sin tener que escuchar más aquellos pasos.

«Pero, si me quedo aquí —pensó—, mis padres empezarán a preocuparse. Se preocuparán muchísimo por mi culpa. Y cuando los hijos hacen que sus padres estén muy preocupados, éstos generalmente los mandan a la ciudad de las sombras, donde hay una casa oscura para cada uno.»

Desconocía el origen de esta idea tan terrible, pero bastó para que se levantara de un salto. A punto estuvo de tirar uno de los cuadros apoyados en el suelo, pero, al final, cuando se le iba a venir encima, su mano desapareció en él, evitando una desgracia.

¡Su mano había traspasado el cuadro! Sven no se creía capaz de soportar más emociones, por eso tampoco sintió alivio con este descubrimiento. Simplemente levantó el pie, se agachó y atravesó el cuadro. Un instante después caía del cuadro que hacía de techo de su cabaña a la vieja alfombra del taller de su abuela.

La habitación de color turquesa

DURANTE la cena, su madre opinaba que Sven estaba algo pálido. Y su padre, que siempre mostraba una gran preocupación por que enfermara, dijo:

—Es porque, en vez de salir a tomar el aire, está a todas horas zanganeando en esa buhardilla sin calefacción. A ver si ahora te vas a poner malo.

Sven estaba demasiado cansado para replicar o recordar a su padre que le había prohibido salir solo. Además se sentía realmente enfermo. Después, su padre anunció que, en cuanto tuviera tiempo, convertiría el taller de la abuela en un elegante estudio. Pero Sven no prestaba atención a lo que decía y se fue a la cama. Aquella noche, durmió como un tronco.

Al día siguiente era viernes. Justo después de levantarse, Sven tomó la firme decisión de no volver a hacer uso nunca más del truco de los cuadros de la abuela. Quería intentar comportarse como un chico normal para que sus padres no tuvieran que preocuparse por él. Y quería intentar olvidar el mundo de los cuadros, especialmente el mundo al que mandaban a los niños cuando sus padres estaban muy preocupados.

Sin embargo, no era una empresa fácil. Mirándolo bien, no funcionaba en absoluto. Porque, con un nudo en el pañuelo, nunca se podía olvidar. En el colegio no se dio cuenta de que la señora Hartel lo estaba regañando hasta que Alex el gordo lo avisó dándole con el codo en las costillas. No dejaba de sentir el pañuelo con el nudo y con la horrible máscara en su bolsillo, pero el solo pensamiento de sacarlo y tirarlo a la papelera le hacía estremecer.

—Sven, deja que te toque la frente —concluyó la señora Hartel—. ¡Pero si estás empapado de sudor! Creo que tienes fiebre.

Después se fue a llamar por teléfono a su madre, para que viniera a recogerlo.

También su madre pensó que tenía fiebre, y lo metió en la cama. Le hizo un zumo de naranja y estuvo muy cariñosa con él. Por la noche le había subido la fiebre y se sentía fatal.

—Seguramente será un resfriado —comentó su madre a su padre cuando por fin éste llegó a casa.

—Ojalá —dijo él—. Si mañana no está mejor, habrá que llamar al médico. ¡Precisamente en fin de semana!

Sven se incorporó de golpe. Le castañeteaban los dientes. El hombre de las sombras le había preguntado si sus padres lo mandaban al médico cuando se portaba mal. Pero él no se estaba portando mal, sólo estaba enfermo.

—¿Me pondrán inyecciones? —preguntó, y empezó a lloriquear.

—¡Qué tontería! —exclamó su madre—. Ahora te voy a poner unos paños fríos y mañana esto ya parecerá otra cosa.

Momentos después se quedó dormido, y al día siguiente se encontraba mejor. Aún debía quedarse en la cama, pero al menos no tendrían que llamar al médico.

Alguien echó una postal en su buzón, deseándole que se mejorase. Su madre se la entregó por la tarde.

En medio de una corona de nomeolvides de color turquesa venía un rótulo: *¡Que te mejores!* Y, al darle la vuelta, alguien había escrito con tinta de color turquesa: *Sven, tienes que visitarme. Es muy importante.* Debajo, firmándolo, aparecía una palabra que ya había visto antes, durante su aventura en el Desierto Interior. *MINX.*

—¡Qué amable! —exclamó su madre—. ¿Es de alguien del colegio?

—Algo parecido —murmuró Sven. Sentía que le volvía el miedo, aunque sin comparación con el que había pasado.

Al día siguiente, se encontraba recuperado por completo. Era domingo y le costaba creer que tan sólo había transcurrido una semana desde su primera aventura tras los cuadros. Se pasó toda la mañana pensando en la misteriosa persona que firmaba la carta de color turquesa. Gracias a su ayuda había podido volver del Desierto

Interior, le había salvado la vida en la ciudad de las sombras, y además le había escrito aquella extraña postal.

«No puedo visitarla porque no sé quién es ni dónde está —se dijo.»

Pero en realidad sí sabía dónde encontrarla: en el cuadro de la habitación color turquesa y ventanas blancas con el que hacía una semana había puesto techo a su refugio y que le había salvado de un gran peligro en su última aventura. Aquel cuadro le había recordado el cielo de Múnich cuando soplaba el viento de los Alpes, pero de eso hacía mucho tiempo.

Después de la comida, se decidió a realizar su última excursión por los cuadros. Reunió todo su valor y subió a escondidas al taller de la abuela. Al ver el cuadro de la ciudad de las sombras, lo recorrió un escalofrío. Había pensado retirarlo y sustituirlo por otro. Aunque tenía todo el aspecto de un cuadro corriente pintado al óleo, no se atrevía ni a tocarlo.

Cogió el pincel del maletín de la abuela y recorrió con él la superficie de color turquesa del cuadro que hacía de techo. Con sólo ponerse de pie, conseguiría que su cabeza se introdujera en él. No tenía muy claro cómo iba a entrar de cuerpo entero.

En realidad, tampoco era tan complicado: sólo tenía que ponerse de pie, dar un brinco y empezaría a elevarse como si estuviera en una pompa de jabón.

Sven primero sólo percibió el color turquesa. Desde su refugio, le había parecido que éste era el color de las paredes, el suelo y el techo. Y ahora que estaba inmerso en plena habitación, se daba cuenta de que emanaba del mismo aire. La luminosidad del aire era tan intensa que le dolían los ojos y llenaba tanto la habitación que no parecía que en ella pudiera caber nada más que el color turquesa.

Poco a poco, sus ojos se iban acostumbrando a este mundo nuevo. Y descubrió que los rectángulos enmarcados que colgaban de las paredes no eran sino pequeños cuadros. Entre ellos reconoció la despensa de Villa Diminuta, el mar, el desierto, la jungla y hasta la ciudad de las sombras.

«¡Pero si son justamente los mismos cuadros con los que construí mi cabaña! —se sorprendió Sven—. ¡Son mis cuadros!»

Sin embargo, no era del todo cierto, porque estos cuadros eran más pequeños; sus colores más verdosos, planos y borrosos; de alguna manera, tenían menos colorido. Parecían cubiertos por una capa de niebla. En un rincón había una imagen de la habitación en que precisamente se encontraba. Y en ella se volvían a reproducir, ahora muy borrosos, todos sus cuadros; incluso le pareció descubrirse a sí mismo, muy pequeñito, mirando la colección. En mitad del suelo, con un marco de color turquesa, el techo de su refugio secreto, del que acababa de llegar. Por lo demás, no había ninguna otra cosa destacable.

A través de las ventanas pintadas de blanco se veían rebaños de nubes color turquesa dibujando formas extrañas para luego desvanecerse.

Claro que también podía tratarse de que la niebla iba cesando y dejaba al descubierto extraños paisajes sin vida. Daba la sensación de que uno estuviera mirando el fondo de un océano, cambiante a medida que se sube de las profundidades a la superficie.

Las ventanas carecían de manijas con que abrirlas. Y, aunque Sven investigó a fondo, esta tranquila habitación de color turquesa seguía siendo un lugar al margen del tiempo y del mundo de los cuadros. Allí no había nadie esperándolo, y tampoco había nada que él pudiera hacer. Se sentía aliviado a la vez que desilusionado.

—¡Vaya cuadro más tonto e inútil! —dijo en voz alta, y se dirigió de nuevo al lugar en que el cuadro de color turquesa le mostraba el camino de vuelta al taller de la abuela.

La advertencia de Minx

SVEN ya había levantado un pie para meterlo en el cuadro, cuando ocurrió algo.

—Al contrario —dijo una voz tierna con suave ronroneo a sus espaldas—. Este cuadro no es ni tonto ni inútil. Al contrario, podría resultarte muy provechoso.

Sven retiró su pie. Se dio la vuelta, pero la habitación seguía igual de silenciosa y vacía que antes.

—¿Quién anda ahí? —preguntó.

—Soy Minx —contestó la voz ronroneante. Resultaba completamente imposible saber de qué parte de la habitación venía la voz.

—¿Dónde estás? ¿Por qué no puedo verte?

—Estoy aquí y te esperaba. Hace mucho que te estoy esperando, porque puedo servirte de gran ayuda. Habría sido un detalle muy amable por tu parte si, después de tanto tiempo, al menos me hubieras traído un cuenco con leche.

—Sigo sin poder verte —se impacientó Sven—. ¿Por qué iba a traerte leche?

—¿Y por qué no? —repuso la voz-ronroneo—. Siempre es ventajoso tener un cuenco de leche a mano.

Y, de repente, a Sven le pareció vislumbrar algo en la pared de los cuadros: simulaba una extraña irregularidad en el color turquesa, como si alguien hubiera arrojado una piedrecita a un lago transparente. Poco a poco, aquella especie de mancha difuminada empezó a tomar consistencia. Su contorno fue perfilándose hasta adquirir la forma de un gato. Después no le cabía la menor duda de que lo que había ante él era, en efecto, un gato grande de color turquesa. El increíble proceso le recordaba algo, pero no caía en la cuenta de qué.

—¿Cómo lo haces? —preguntó asombrado—. ¿Y por qué puedes hablar? Los gatos no saben hablar.

—Al contrario. Los gatos sabemos hablar mucho mejor que los humanos, aunque hace años que renunciamos a ello. Sólo tienes que pararte a escuchar a los humanos para juzgar si es más inteligente hablar o no hablar.

—¡Pero tú estás hablando conmigo!

Minx emitió un pequeño sonido, entre ronroneo y maullido, extremadamente triste.

—Tuve que desobedecer la prohibición porque tú necesitabas ayuda —dijo en voz baja—. Pero sólo hablaré contigo un rato, y únicamente tú podrás oírme.

En ese momento le vino a la cabeza lo que la aparición del gato color turquesa le había recordado.

—¡El Gato Sonriente! Tú eres un gato como el de *Alicia en el país de las maravillas,* que podía hacerse invisible.

—Seguro que no lo soy —dijo Minx ofendida, y, sentándose sobre sus patas traseras, enrolló su majestuoso y peludo rabo y empezó a mover la punta con furia—. Es lamentable que no reconozcas a una gata de camuflaje cuando tienes la suerte de toparte con ella. El Gato Sonriente en absoluto puede hacerse invisible, y tampoco habla en su favor el que se ría tanto. No existen gatos que puedan hacerse invisibles. Con la edad que tienes, ya deberías saberlo.

—¡Pero tú eras invisible!

—Al contrario. Yo he estado todo el tiempo perfectamente visible. Sólo que no puedes descubrir a un gato de camuflaje porque, aunque lo tienes delante, no es muy fácil verlo. A eso se le llama mimetismo.

—Mimetismo es cuando un animal toma la apariencia de algo para defenderse —dijo Sven, que entendía mucho de estas cosas.

—Eso parece ser lo mismo que la perfecta visibilidad que tú no has visto —ronroneó Minx.

—Pues no lo es —protestó Sven, testarudo.

La gata levantó su chepa de color turquesa, estiró las patas delanteras, luego las traseras, volvió a sentarse y suspiró ronroneando.

—Me temo que estás muy necesitado de mí —dijo—. Me doy cuenta por tu actitud de sabelotodo. Me doy cuenta por la forma que tienes de patear los mundos de los cuadros, causando desastres porque no reconoces las cosas como son.

—Yo no he causado ningún desastre —se quejó Sven, que se sentía injustamente tratado. Ya estaba harto de que todos lo regañaran o intentaran meterle miedo. Ya estaba harto de que todo el mundo pretendiera saber más que él, y de que lo bombardearan con buenos consejos que él no había pedido.

—Mira por la ventana y dime qué puedes ver —le pidió Minx.

Sven obedeció sin ganas.

—Veo niebla —dijo—. Cuando se eleva la niebla, puedo ver paisajes. Cada vez son paisajes nuevos.

—No estás viendo niebla, sino posibilidades —le explicó Minx en tono suave—. Ves aquello que es posible detrás de cualquier cuadro. Y, mientras que detrás de los cuadros todo sea posible, no deberías reconocer nada concreto ahí fuera. Pero, ya que has reconocido algo concreto, ahora no es posible todo lo que debería ser posible.

—¿Y qué?

—Ven aquí. Quiero enseñarte otra cosa.

Minx se dirigió a la pared donde estaban los cuadros de Sven. A medida que caminaba, el color de su pelaje iba cambiando de tono, adaptándose al fondo por el que iba pasando. Parecía como si una ola se deslizara suavemente sobre la superficie de un lago profundo, silencioso y de color turquesa, y se mezclara con todo lo que encontrara a su paso.

Aunque Sven no estaba dispuesto a dejarse manipular por el primer excéntrico que llegara, la siguió hasta el cuadro del taller de la abuela, que estaba en el suelo. La gata jugueteaba metiendo su pata por el cuadro, y a pesar de que él había hecho esto mismo varias veces, no dejaba de sorprenderse al ver cómo desaparecía en el cuadro.

—Por regla general, uno no puede meterse en un cuadro, ¿no es así? —preguntó, y retiró su pata—. Deberían ser simples cuadros y, si yo pongo mi pata sobre ellos, no debería desaparecer dentro.

Enfadado, Sven puso los dedos en los demás cuadros. Al tocarlos, lo único que pudo notar sin problemas fue en qué parte había puesto su abuela más pintura y dónde menos.

—¿Ves? —dijo retirando su mano—. Todo está en orden.

—Al contrario —manifestó Minx mientras se chupaba con su áspera lengua de color turquesa la pata para luego empezar a limpiarse detrás de las orejas.

—Pero si el cuadro está como tú dices que debe estar... —insistió Sven, y volvió a tocar el lienzo—. Está duro. Se pueden notar las pinceladas.

—Te olvidas de que ahora estás detrás de todos los cuadros. Aquí las cosas son diferentes. En tu mundo, los cuadros son simples cuadros. Pero, a este lado, los cuadros son puertas a otros mundos.

—No lo entiendo —declaró Sven.

—Pues es bastante fácil —dijo Minx, dejando de limpiarse por un momento y mirándolo bondadosa con sus ojos de color turquesa—. Cada cuadro encierra todo un mundo propio. Y ese mundo del cuadro está en tu cabeza. Puedes pensar lo que quieras sobre el mundo del cuadro y vivirlo en tu mente como mejor se te ocurra. Lo extraño o peligroso no son los cuadros, sino lo que tú has hecho de ellos. Y, desgraciadamente, tú has revuelto todo.

—Sigo sin entenderlo.

—Entonces escucha atentamente. Las puertas hacia tu mundo normalmente están cerradas para los seres de los cuadros, al igual que las puertas hacia el mundo de los cuadros están cerradas para los humanos. Tú has descubierto el secreto para introducirte en los cuadros, pero también te has llevado objetos del mundo de los cuadros al mundo de los humanos. Y aquí está el peligro, porque las cosas empiezan a trastocarse. Con cada objeto que te llevas de este lado de los cuadros al otro, abres una puerta de tu mundo a los seres de los cuadros. Y, al mismo tiempo, la cierras para ti. Si aún no reconoces lo que hay de malo en ello, tal vez deberías probar tu camino de vuelta.

Sven se sentía cada vez más incómodo. Se arrodilló ante el cuadro que mostraba el suelo del taller de la abuela y pasó los dedos por la superficie. Durante un instante pensó que también este camino había quedado reducido a unas simples pinceladas. Pero, al apretar algo más fuerte, la superficie cedió un poco, como si estuviera cubierta con aquella piel de globo invisible con que ya se había encontrado en otros cuadros. Hasta ahora nunca había experimentado algo así antes de sus regresos.

—¿Qué significa esto? —preguntó asustado.

—Significa que los caminos se invierten. Significa que puedes utilizar este camino una o dos veces más, y luego se cerrará para siempre. Y significa que, si no pones en orden todas las cosas que has desordenado, se abre el camino a tu mundo para los seres de los cuadros.

—¿Entonces qué tengo que hacer?

—Devolverás todos los regalos y cerrarás de nuevo las puertas. Yo te ayudaré a hacerlo si tú quieres.

Sven podía haberse acordado de la jungla o de la fiesta de disfraces; de la ambuescuela del desierto, o incluso del señor Nelson, el guar-dián de las cosas olvidadas. Pero no lo hizo. Sólo pensaba en la ciudad silenciosa y en el policía de las sombras. Y, con un escalofrío, negó moviendo la cabeza: nunca volvería allí, nunca; le daba igual lo que Minx opinara.

Por eso dijo con arrojo:

—Yo me voy ahora mismo a mi casa —y puso la mano sobre la resistente superficie del cuadro—. Mientras yo no vuelva a venir aquí, no pasará nada.

—No puedes escapar —dijo la gata con su suave ronroneo—. Vayas donde vayas, los seres de los cuadros te estarán esperando para que les devuelvas su orden. Debes darles un nuevo orden. Un desorden ordenado. Mientras no se establezca un nuevo orden para ellos, prevalecerá el desorden.

—No voy a volver nunca —repitió Sven.

—Al contrario. Has empezado algo que vas a terminar. Lo sé porque he roto una prohibición por ti. Lo sé porque tú lo sabes y porque yo estoy en un cuadro que está en tu mente.

Nada más pronunciar estas palabras, sus contornos empezaron a difuminarse más y más, hasta que apenas se podían ver.

—¡No puedes saberlo porque yo, seguro que no voy a volver! —exclamó Sven, y apretó con fuerza sobre la piel invisible que le impedía el regreso. Empezaba a notar que en cualquier momento cedería, se partiría o explotaría, y el paso quedaría libre. Apretó con todas sus fuerzas. Ya podía percibir el olor a polvo, a pintura y a disolvente que subía del taller de la abuela hacia arriba.

—¡Hasta pronto! —le susurró Minx—. ¡Y no olvides los regalos! Acuérdate de que siempre es ventajoso tener un cuenco de leche a mano.

En ese momento, la piel de globo se rompió haciendo un ruido desagradable, y Sven cayó del cuadro del techo al suelo de su cabaña. Se había hecho daño en la rodilla, pero estaba en casa.

Buenos propósitos

EL lunes por la mañana, Sven se levantó muy temprano. Durante la noche había decidido comenzar una nueva vida, una vida de adulto. Había estado mucho tiempo despierto, pensando. Incluso había dudado si arriesgarse a despedirse de su cebra nocturna Sofía. Pero había concluido que quizá fuera demasiado peligroso permitir una nueva transformación de un ser de los cuadros en el mundo de los humanos. Tal vez hubiera algo de verdad en las advertencias de Minx.

Por ello subió al taller de la abuela incluso antes de ir al colegio, y desmontó su cabaña. Tiró del pesado cuadro que hacía de techo hasta bajarlo, después retiró las cajas que sujetaban los demás cuadros y, aunque pensó dejarlos delante de la puerta tapizada para la que no había llave, los amontonó delante del cuadro de la ciudad silenciosa, al que todavía no se atrevía a tocar. Luego, volvió a colocar las cajas de cartón y la lámpara con pantalla de pergamino en sus lugares de origen.

Finalmente, cogió el horrible pañuelo de la máscara de payaso y el nudo recordatorio y, estremeciéndose, lo arrojó junto con el pincel embrujado y los demás objetos al maletín de pinturas de la abuela; cerró el maletín y lo escondió detrás de los cuadros.

Cuando terminó, se fue a desayunar y se hizo unos cuantos propósitos para su nueva vida. Se propuso mirar con buena cara la casa nueva y Berlín; cosa que parecía fácil, porque durante la noche había dejado de llover. También se propuso no odiar tanto el colegio y aceptar que la señora Hartel podía pasar un mal fin de semana de vez en cuando. Se hizo el propósito de ponerse a buscar inmediatamente un par de buenos amigos, aunque para ello tuviera que dirigirse a Ada y a Alex el gordo, que no tenía más que tonterías en la cabeza. Además dejaría de soñar despierto y se comportaría como un adulto, para que nadie tuviera que preocuparse más por él. Finalmente, se hizo un propósito muy especial: no subir nunca, nunca más, al taller de la abuela.

Durante aquel lunes, sus propósitos funcionaron tan bien que por la noche estaba seguro de haber olvidado ya las aventuras de los cuadros.

El martes, sus propósitos funcionaron aún mejor. Hacía un tiempo veraniego, y para entonces Sven estaba convencido de que sus extrañas vivencias en el mundo de los cuadros nunca habían ocurrido. En realidad se había quedado adormilado un par de veces y había soñado un montón de historias. En realidad no había nada real en las advertencias de Minx. En realidad, el ambiente del taller de la abuela, con su olor a disolvente, lo adormilaba y le hacía tener malos sueños.

Por la tarde, Jan y Julia llamaron por teléfono desde Múnich. Para entonces, a Sven ni se le pasó por la cabeza mencionar sus aventuras imaginarias y hacer el ridículo.

En la vida real de un niño de doce años en sus cabales no suele ocurrir que uno pueda pasearse por el mundo de los cuadros y le tenga miedo a seres pintados. Por eso, un niño de doce años en sus cabales no tenía por qué mirar al interior del maletín de pintura de la abuela. Un niño de doce años en sus cabales sabía perfectamente que allí no había ningún tipo de cristales tornado, ojosnocturnos, o cualquier otro disparate, sino tubos de pintura medio vacíos y pegajosos, y algunos pinceles. Algo para gente a la que le gustara la pintura. Y él no era uno de ellos.

El miércoles, los propósitos de Sven ya no funcionaron tan bien. Todo empezó con los cereales del desayuno, que estaban tan blandos y correosos que los apartó y prefirió cogerse un cruasán. Su padre lo observó y murmuró enfadado detrás de su periódico:

—Siempre acabamos tirando la mitad porque se reblandecen. ¿Es que estos chismes no se pueden tostar como los panecillos?

«Negro Cornflake sabría de estas cosas», se le pasó de pronto por la cabeza a Sven, sin que pudiera evitarlo.

Después, en la clase de educación física, el señor Kowalski pilló a Alex el gordo escondido detrás de las colchonetas doblando un avión de papel, en vez de trepar por las espalderas. A Alex el gordo no le gustaba demasiado la gimnasia, pero lo que más odiaba era hacer espalderas. Y el señor Kowalski normalmente no se alegraba demasiado cuando Alex el gordo intentaba escabullirse de los ejercicios.

Por eso, lo más normal hubiera sido que lo hubiera regañado. Pero no lo hizo. Al contrario, cogió el avión de papel y lo lanzó muy arriba. Alex el gordo hacía fabulosos aviones de papel, y también éste era una obra maestra: dio unas cuantas vueltas acrobáticas en el aire y después salió disparado como una flecha al exterior, por la puerta del gimnasio, que estaba abierta por el calor. Allí fue a empotrarse en la cara del señor Habersatt, que en ese momento pasaba por delante.

—¿Quién ha sido? —se enfadó éste, asomando la cabeza por la puerta. Los niños se contenían la risa, mientras el señor Kowalski se reía como un mentecato. El único que no tenía ganas de risas era Sven, porque lo mismo había ocurrido en la ambuescuela, sólo que en aquella ocasión el señor Kowalski no acertó a darle al señor Habersatt.

Bueno, y luego está el asunto del autobús escolar. Sven ya se había dado cuenta del parecido del conductor, con su gorra de visera, sus gafas y sus granos en la nariz, a Rinoberto *el Rinoceronte*. Pero hoy, además llevaba los pantalones de color caqui de Rinoberto y conducía un autocar chatarroso. Nadie hubiera podido decir para qué se utilizaba aquel autobús normalmente, porque alguien había tapado con cinta adhesiva su rótulo y había pegado debajo un letrero en el que ponía: «Autobús escolar».

Sven hubiera preferido no subirse siquiera al autobús, pero la suya habría parecido una actitud muy infantil.

Todo esto sólo era el comienzo. Porque el semáforo que debía cruzar siempre de camino a su casa no funcionaba: cambiaba sin sentido de rojo a verde y nuevamente a rojo, sin permitirle el paso. Delante del semáforo se había formado un tremendo atasco, y los coches, que no sabían si quedarse parados o arrancar, no dejaban de tocar las bocinas.

Cuando por fin pudo cruzar la calle, Sven se topó de frente con el señor Heinz, el conserje, que estaba apoyado en su escoba, observando el atasco, cuando le comentó:

—Puedes olvidarte de este semáforo. Lo mejor sería que desapareciera de aquí para siempre. En su lugar debería haber una cebra. Ya sabes... los pasos de cebra siempre vienen bien. Hacen que los niños se hagan más independientes, y no hace falta ocuparse de ellos.

—Ahora tengo que irme a comer —dijo Sven, esperando que su voz no hubiera sonado demasiado temblorosa.

—Claro, claro. Tienes que hacerlo. No queremos que tu madre se preocupe por ti, ¿verdad?

Aterrorizado, Sven echó a correr escaleras arriba, hasta la puerta de su casa. Las últimas palabras del señor Heinz habían sonado extrañamente monótonas, y le recordaron todas las cosas que, de no ser por ese estúpido nudo en el pañuelo, desde el lunes hubiera olvidado por completo.

La comida del mediodía transcurrió con normalidad, hasta que su madre le dijo:

—Esta mañana me ha llamado por teléfono la madre de uno de tus compañeros de clase. Quieren hacer una fiesta sorpresa, o una fiesta de disfraces, o algo así. Ha preguntado si podían contar contigo. Te he anotado todo.

Sven se encogió de hombros, pero su corazón latía como loco. ¿Quién podía haberle invitado a él a una fiesta de disfraces? Él no tenía amigos en Berlín. ¿Comerían sardinas? ¿Habría una *gymkhana* para buscar el tesoro?

Se enfadó consigo mismo. Todas estas cosas eran, naturalmente, coincidencias. ¿Qué le había dicho Minx? «Lo extraño o peligroso no son los cuadros, sino lo que tú haces de ellos en tu cabeza.» Pero también había dicho: «Con cada objeto que te llevas de este lado de los cuadros al otro, abres una puerta más a tu mundo a los seres de los cuadros».

Sin embargo, lo peor estaba por venir. Por la noche, sus padres tenían visita y le permitieron llevarse el televisor a su cuarto para que no molestara. Como un buen chico, se lavó los dientes, se puso el pijama, apagó la luz y se tumbó en la cama.

No había nada en la televisión que lo entusiasmara. Así que la apagó. O, mejor dicho, hubiera jurado que la había apagado, cuando, de repente, escuchó un ruido, una especie de pasos extraños que venían del televisor.

Luego volvió a oír aquellos pasos metálicos, y el silencio. Contuvo la respiración. La pantalla estaba completamente negra y la lucecita roja que indica que el televisor está en marcha, apagada. No obstante, Sven sabía que el televisor no estaba apagado. «Algo» horrible, cuyo negro absoluto se tragaba toda la luz, acechaba detrás del cristal y lo observaba inmisericorde.

Intentó llamar a su madre, pero no fue capaz de articular ni un sonido. Intentó encender la lámpara de su mesilla, pero no podía mover ni un dedo. Sólo podía seguir tumbado donde estaba, y mirar fijamente a la pantalla y sentir cómo aquella cosa le devolvía la mirada fija.

Y entonces escuchó un susurro: muy bajito, como el de una llamada telefónica desde muy lejos. Sin embargo, reconocía una voz monótona entre aquellos susurros y crujidos:

—Sven, vamos a encontrar la salida. Estamos muy cerca de ello. Nos preocupamos mucho de los niños que se nos escapan antes de habernos ocupado de ellos.

De pronto, la pantalla se iluminó y desapareció el susurro. Una especie de niebla de color turquesa la llenaba, describiendo giros y moviéndose hasta formar letras de color turquesa que componían un mensaje:

«Sven, tienes que volver. Ya no nos queda mucho tiempo.» Y debajo: «Minx». Sólo duró un instante. Porque el color de la niebla cambió de inmediato y formó un dibujo que cada vez se parecía más a una máscara de payaso, sólo que esta vez Sven la escuchó gritar: su grito era desesperado y solitario.

Por fin también él pudo gritar con todas sus fuerzas:

—¡Mamá! ¡Mamá!

Su madre entró corriendo a la habitación.

—¿Pero qué te ocurre? —le preguntó excitada.

Aunque quería enseñarle el terrible televisor, éste volvía a estar completamente normal y apagado. Así que se abrazó a ella y empezó a llorar. Al cabo de un rato, su madre le prometió que podía dormir con ella en su cama, aunque sólo aquella noche, pues en realidad ya era muy mayor.

—Has tenido una pesadilla —le dijo—. No deberías ver todas las tonterías que echan por televisión.

Comienza el trabajo

AL día siguiente, no se enteraba de nada en clase. Sólo cuando la señora Hartel se puso delante de él dio un respingo.

—Nuestro Sven parece estar soñando otra vez —ironizó la profesora—. Y, si sigue soñando de esta manera, vamos a tener que volver a mandarlo a la guardería.

Todos sus compañeros se echaron a reír, pero a él le daba igual. Y también le daban igual los comentarios de la señora Hartel. Porque no esta soñando. Estaba pensando. Desde que se despertó por la mañana, un único pensamiento le daba vueltas y vueltas en la cabeza:

«Tengo que terminar lo que he empezado. Aunque no he desordenado las cosas a propósito, los seres de las sombras me encontrarán. Ya están muy cerca. Casi puedo sentirlos, y quieren hacer cosas horribles conmigo. Por eso tengo que irme a casa y terminar lo que he empezado».

Con este pensamiento llegó a casa, y cuando se disponía a subir al taller de la abuela, en mitad de la escalera, se acordó de la recomendación de Minx: «Siempre es ventajoso tener a mano un cuenco de leche».

Por eso bajó corriendo a la cocina, para coger del estante un pequeño cuenco de porcelana con topos verdes y una botella de leche fresca de la nevera. Cuando por fin estaba en el taller de la abuela, sacó el maletín de detrás de los marcos. Decidido, guardó en él la botella de leche y el cuenco y cogió el pincel negro en una mano y la maleta en la otra. Estaba preparado para el viaje.

Los cuadros seguían tal como los había dejado unos días antes. En primer lugar se veía el de la habitación de color turquesa.

Sin pensárselo mucho, le pasó el pincel por encima, y, una vez más, se encontró con la invisible y asquerosa piel de globo. Ahora parecía tan dura que no estaba seguro de poder pasar por ella. Entonces se acordó de lo que la gata de color turquesa le había dicho, y apretó con tanta fuerza que la piel terminó rajándose con estruendo.

Al otro lado del cuadro, estuvo a punto de caer al suelo. De nuevo lo envolvió la luz de color turquesa, y una vez más sus ojos tardaron un rato en distinguir la silueta de los pequeños cuadros de la pared y la niebla ante las ventanas. Pero, al contrario que en su primera visita, la superficie de la pared empezó a arrugarse inmediatamente: se empezó a perfilar una silueta gatuna hasta que poco a poco se convirtió en Minx.

—Bienvenido al otro lado de los cuadros, Sven —lo saludó con su suave voz ronroneante—. Ha sido muy inteligente por tu parte volver. Y también lo ha sido acordarte de los regalos.

—Te he traído leche —dijo Sven, y sacó la botella de leche y el cuenco del maletín—. Y todas las cosas que me llevé. ¿Qué tengo que hacer ahora?

—Primero nos ocuparemos de la leche —respondió la gata acercándose satisfecha—. Siempre es ventajoso seguir un orden. Lo demás ya vendrá.

Sven llenó de leche el cuenco y observó cómo Minx la absorbía gustosa con su lengua color turquesa. Lo hacía de forma tan elegante y educada como sólo los gatos son capaces de hacerlo.

—Siempre he creído que la leche no era muy buena para los gatos —comentó—. Creía que había que rebajarla con agua.

—Ése, desde luego, no es mi caso —dijo Minx sin levantar la mirada del cuenco—. Puede que sea un gato, pero también soy un gato soñado. A los gatos soñados siempre les sienta bien beber leche. Y, dicho sea de paso, mejora el pelaje.

Que la leche tenía un efecto sobre su pelaje era indudable: su color se mezclaba con el turquesa del pelo, de forma que a cada trago se le aclaraba un poco más, hasta que finalmente parecía un gato blanco de lo más común. Únicamente sus ojos se habían quedado de color turquesa.

Cuando Minx se acabó el cuenco, se sentó sobre sus

patas traseras y empezó a lavarse tan despacio como si tuviera todo el tiempo del mundo. Sven empezaba a inquietarse. Se estremecía ante lo que quizá tuviera que hacer para volver a arreglar el desorden que había organizado. Pero estaba convencido de que lo mejor era solucionar los temas desagradables cuanto antes, ya que no se podían evitar.

—¿No habías dicho que no nos queda mucho tiempo? —preguntó—. ¿No deberíamos empezar ya con el trabajo?

—Hace rato que hemos empezado. Tú has tomado una decisión a pesar de que tienes miedo. Y yo, a pesar de la prohibición, he tomado una decisión y he aceptado la leche como regalo, porque sé que tú me necesitas. Con esto, ya está solucionada la parte más difícil.

—¿Pero con cuál de los cuadros vamos a empezar? —insistió Sven, impaciente.

—No tiene ninguna importancia por qué cuadro empecemos. Después de desordenar estos mundos, ninguno puede volver a ser como era. Ni siquiera el orden que les demos puede ser el mismo que tenían antes. Elige cualquiera de los cuadros.

Indeciso, miró cada una de las réplicas de los cuadros que él había visitado. Desde su primera visita habían cambiado de forma extraña.

En el de la puesta de sol en el mar parecía como si el océano hubiera desaparecido, o como si se reflejara tanto la luz nocturna que las dunas de la playa se prolongaban hasta el horizonte. Al lado colgaba el cuadro de la despensa de Villa Diminuta. Pero ahora ya no había frascos de conservas sobre los estantes, sino latas ovaladas que brillaban como la plata y trozos de bizcocho desmigado. El cuadro del Desierto Interior mostraba una especie de espejismo, porque el suelo brillaba como si estuviera cubierto de agua, y donde antes estaban los montones de huesos ahora se veía algo así como un barco de vela con tres mástiles.

En el cuadro de la jungla, Sven seguía viendo jungla. Sin embargo, era mucho más oscuro en la parte del suelo, y detrás de las lianas y las raíces aéreas intentaba esconderse una cebra que parecía estar huyendo y haberse quedado petrificada en mitad de un salto.

Únicamente el cuadro de la ciudad silenciosa parecía no haber cambiado mucho. Las nubes fugaces habían desvanecido, y las escaleras y las gargantas de edificios brillaban como el metal bajo un negro y frío cielo, repleto de estrellas que simulaban agujas.

—Tengo miedo —dijo en voz baja.

—Eso es bueno —aseguró Minx—. Aquí no tienes nada que temer, más que tu miedo. Yo estaré contigo. No podrán verme ni oírme otros seres y algunas veces ni siquiera tú mismo, pero eso no debe asustarte. Yo estaré contigo. Y ahora elige el comienzo.

—¿Éste? —preguntó señalando indeciso el cuadro de la despensa de Villa Diminuta, donde empezaron sus aventuras.

—En ese caso, nuestro camino empieza en el lugar donde todo era posible y ahora ya no lo es —ronroneó

Minx, y clavó sus ojos en la niebla que recubría las ventanas. Cuando las nubes ascendían durante unos instantes dejaban ver trozos de una tapia de ladrillos, y luego todo volvía a desaparecer en la niebla.

—¿Allí afuera? —preguntó Sven—. ¡Pero si las ventanas están cerradas! No hay ninguna manija para abrirlas.

—Al contrario. Las ventanas han estado abiertas todo el tiempo. Sólo que fuera no había ninguna meta, y eso es como si hubieran estado cerradas. Para abrir esta clase de ventanas no necesitamos manijas sino una meta. Y tú la has encontrado.

Sin volver su mirada atrás, Minx se dirigió hacia la ventana y saltó, sumergiéndose en la niebla. Sven cogió su maletín y la siguió. El trabajo había comenzado.

Cosas olvidadas

EN un principio, Sven temía perderse entre la espesura de la niebla, o perder a Minx, que se había adelantado con rapidez. Pero, a cada uno de sus pasos, los bancos de niebla se iban aclarando. Al igual que el pelaje del gato, también el color de la niebla se aclaraba como si le hubieran echado leche por encima. Finalmente se formaron nubes blancas que elevaron el vuelo, dejando paso a un cielo claro teñido por la puesta de sol.

Minx estaba esperando delante de la tapia de ladrillos rojos que habían visto a través de la ventana. Detrás de la tapia, una enorme haya estiraba sus ramas hacia el cielo del anochecer.

Al ver el haya, Sven reconoció de qué tapia se trataba: la que separaba su antiguo jardín de Múnich de la casa del vecino loco.

—Ésta es la tapia de nuestro antiguo jardín —dijo aliviado—. No me había dado cuenta antes porque estamos en el lado equivocado.

—Al contrario —ronroneó Minx—. Los lados equivocados son únicamente la otra cara de los lados correctos, como si de una moneda se tratara. Siempre que te atrevas a trepar por encima de la tapia, estaremos en el lado correcto.

—No hay problema —dijo Sven. Seguidamente, cogió carrerilla, saltó, se agarró a la parte superior y se impulsó hacia arriba—. He trepado mil veces por esta tapia, sólo que no por este lado.

Luego, se dejó caer al otro lado. El gato superó la tapia con un solo salto.

Asustado, Sven observó su viejo jardín. Estaba irreconocible. El césped sólo era un bosque de hierba salvaje, y por todas partes había montones de objetos rotos y basura. Las jardineras, que en su día estuvieron repletas de flores, estaban abandonadas. Se había partido una rama del haya y su cabaña sin terminar había desaparecido de la copa del árbol, donde ahora ondeaba un trozo de tela de cortina. El viento lo había enrollado de tal forma que no se veían los bordados. Sven se alegraba: no quería saber si las sonrientes caras de payasos de su vieja cortina se habían convertido en máscaras con la expresión de un grito mudo.

Hasta Villa Diminuta había desaparecido. En su lugar había una cabaña con tejado de palmas. La terraza de cañas de bambú estaba medio hundida en un apestoso charco, en cuya orilla se pudrían algunas ninfeas y *Victoria regia*. Unas mosquiteras rotas e inservibles colgaban delante de las ventanas y la puerta.

—¡Ésta es la «probable cabaña» de la jungla! —exclamó asustado—. Me gustaría que mi padre no se estuviera acordando continuamente de mi cabaña y de dónde estaría más segura.

—Al contrario —repitió la gata—. Si esta cabaña está aquí es precisamente porque tu padre en absoluto se acuerda de ella. Tu padre se ha olvidado de ella. Recuerda que, antes de desaparecer, todas las cosas olvidadas vienen a parar aquí, atascando el lugar.

—¡Pero todo esto no son cosas olvidadas! —protestó Sven, señalando un montón de basura por el que acababan de pasar.

¡Cómo iba a haber olvidado aquellas cosas! Allí había trozos de algas marinas y de madera, conchas rotas y caracolas: hallazgos que solían traer las olas del mar. Entre los platos sucios se amontonaban restos de pescado, probablemente sardinas, farolillos reblandecidos por el agua, un coco abierto, un melocotón mordisqueado, unos cuantos huesos de pollo y un chicle usado que le recordaba su incidente con la silla en el colegio. Algo más apartado, descubrió con pena el sillón rojo en que solía acurrucarse: ahora estaba tirado en el barro, con las patas destrozadas, al lado de una vieja foto rota, en la que pudo reconocer a la señora Hartel, el señor Kowalski, el señor Habersatt, la señora Lümmelmann y el señor Baierlein. Sobre el sillón se apoyaba un letrero de madera en el que ya sólo se podía leer: «Espejis».

—Yo no he olvidado esto —repitió Sven. Estremecido, apartó de una patada un trozo de tela sucia en la que aún se veía la parte superior de una cara de payaso. Seguramente era un trozo de la cortina que colgaba de las ramas del haya.

—Tal vez todas estas cosas estén aquí porque tú has hecho que las cosas se vuelvan del revés —ronroneó Minx—. Tal vez todas estas cosas estén aquí únicamente para recordarte que debes olvidarlas para que por fin puedan desaparecer.

Sven se quedó parado ante el cenagal que rodeaba los penosos restos de la «probable cabaña».

—¿Qué ocurrirá si el señor Nelson no acepta volver a intercambiar las cebras? —preguntó en voz baja.

Minx no dijo nada; sólo dio un salto hasta el lado seco de la terraza, donde los cestos de bambú estaban desperdigados por todas partes. Sven la siguió hasta el interior de la cabaña.

De cuanto allí había, sólo un teléfono sin la rueda de marcar y una simple bombilla colgando del techo recordaban la primera visita de Sven a Villa Diminuta. No se veía al señor Nelson por ninguna parte. Junto a un brasero apagado, una escotilla abierta con una escala de cuerda conducía a una oscuridad negra como un tizón. A un lado estaban los cestos de bambú enmohecidos y al otro colgaba una hamaca agujereada y con múltiples zurcidos. Dentro había un bulto que alguna vez debió de ser azul oscuro.

—¿Señor Nelson? —preguntó Sven con cautela.

—El señor Nelson ya no vive aquí —contestó después de un rato una voz cansada y algo oxidada—. Déjame en paz.

La voz había venido de la hamaca, donde ahora se movía el oscuro bulto. A Sven le resultaba familiar.

—¿Eres tú? ¿Negro Cornflake?

—Es posible que yo esté vigilando las cosas desaparecidas para que sean olvidadas. ¿O era al revés? Se me ha olvidado. Ha desaparecido de mi memoria.

La figura se había incorporado a medida que hablaba, y ya no quedaba ninguna duda de que se trataba del Negro Cornflake. ¡Pero cuánto había cambiado! Su cara estaba envejecida, muy delgada, y de un blanco luminoso; asomaba bajo un caftán de beduino como si fuera una caricatura. La capucha de la túnica había abollado por completo su sombrero de copa. A cada movimiento que hacía, sus articulaciones sonaban como piñones mal engrasados, y su cuerpo tiritaba de frío de la cabeza a las uñas de los pies.

—¿Es que ya no me conoces? Soy Sven. Y ésta es Minx —dijo señalando a la gata, que estaba sentada sin moverse y ya únicamente se le veían los ojos de color turquesa, pues su pelaje había adoptado la apariencia del bambú.

—Es bastante improbable que yo conozca a un Sven —dijo el Negro Cornflake—. Y, con respecto a esa Minx, has debido de olvidarla del todo, porque ha desaparecido. A lo mejor tenía que haberla vigilado yo, pero soy nuevo en este puesto. Perdona.

—No pasa nada —lo disculpó Sven. Se acordó de que Minx había dicho que nadie aparte de él podría verla, ni oírla—. ¿Cómo has llegado hasta aquí?

—Creo que, desde que está olvidado, estoy haciendo el trabajo de ese señor Nelson. ¿O ha desaparecido? Casi no puedo acordarme. Posiblemente debería alegrarme de tener este trabajo, pero hace tanto frío y hay tanta humedad que mis huesos están oxidados.

—¡Porque eres un Negro Cornflake! Sólo tienes que intentar acordarte de la jungla y de la cabaña en el árbol. Y del aceite de coco. Siempre utilizabas aceite de coco para tus articulaciones, ¿te acuerdas?

Tiritando, el Negro Cornflake se echó el húmedo gabán por encima de los hombros y se volvió a dejar caer en su destartalada hamaca.

Mientras lo hacía, murmuró:

—Ni siquiera sé si alguna vez he sabido esas cosas —y, como si estuviera recitando un poema que se había aprendido de memoria, añadió—: Cuando olvidas las cosas que un día tuviste, éstas desaparecen de tu vida porque ya no caben en ella, y así las pierdes para siempre. Este lugar es muy importante porque aquí llegan las cosas de las que nadie se quiere acordar. Y las cosas de las que ya nadie se quiere acordar después de un tiempo desaparecen como si nunca hubieran existido. ¿Te ha quedado claro?

—Sí, sí. Todo eso ya lo conozco. ¿Puedes al menos decirme dónde está Conrado? Es un animal de peluche que en realidad se llama cebra diurna; aquí tengo a Sofía, que por las noches se convierte en cebra nocturna. Tengo que cambiar urgentemente a Sofía por Conrado.

—Si yo fuera un Negro Cornflake como tú dices, tu

cebra no me serviría para nada en este lugar tan lluvioso. Sólo me serían de utilidad las gacelas. Las cebras se utilizan para cambiar de profesión o para entretener a los invitados, y las gacelas son para detener la lluvia.

—¡Pero es verdad, eres un Negro Cornflake! —insistió Sven, testarudo, mientras abría su maletín—. Y sigues viviendo en la «probable cabaña» que mi padre nunca terminó de construir. Lo único que ha desaparecido es la jungla.

—Jungla, no —lo cortó el Negro Cornflake—. En todo caso, raíces de madera tras las cuales se escondía ese señor Nelson con un caballo de rayas antes de ofrecerme su trabajo.

Sven se volvió hacia Minx buscando ayuda, pero había desaparecido del todo. Por suerte sabía que, aun sin verla, estaba allí con él. Se le ocurrió una buena idea.

—Mira lo que me regalaste. Te lo devuelvo.

Y puso el ojonocturno en la mano del Negro Cornflake, quien se incorporó, agitó su regalo proveniente de la jungla y escuchó el castañeteo que salía de su interior con cara pensativa.

—Esto me recuerda a un juguete que tuve de niño —murmuró meditabundo—. Era de chapa de colores y llevaba guantes, botines y un gran sombrero de copa; lo tenía encima de mi mesilla. Había hecho publicidad de cereales para el desayuno, creo que bailaba claqué, pero luego se le fueron oxidando cada vez más los piñones de su cuerpo y se le estiraron los muelles, hasta que un buen día ya nadie quería jugar con él. A lo mejor esa cosa era un Negro Cornflake.

—¡Te acuerdas! —exclamó Sven excitado, y se giró hacia donde sospechaba que estaría Minx—. Se vuelve a acordar y he devuelto mi primer regalo. Estoy poniendo las cosas en orden.

—Entonces deberías ver lo que ocurre con tu regalo —ronroneó en su cabeza la voz del gato. El Negro Cornflake no había oído nada.

Sven se giró rápidamente y contempló lo que estaba ocurriendo: ¡el ojonocturno empezaba a salir del muñeco! Primero sólo se vio una fisura que parecía tragarse toda la luz. Pero la fisura se hizo más y más grande, y de repente se extendieron unas alas de un negro tan profundo que parecía haber abierto un agujero con forma de mariposa en la mano del Negro Cornflake.

—¡Un ojonocturno! —exclamó el Negro Cornflake mientras miraba con unos ojos como platos cómo se estiraban e intentaban iniciar el vuelo las negras alas—. Va a ocurrir algo horrible. Si dejamos que escape, irá al pequeño volcán y despertará a los demás. ¡Estamos en un gran peligro!

Pero, antes de que pudiera agarrar al ojonocturno, éste se elevó hasta el semiderruido techo de la cabaña. El Negro Cornflake saltó de su hamaca y, mientras le chirriaban las articulaciones, se estiró hacia la siniestra criatura. También Sven intentó atraparla. Una y otra vez saltó cuanto pudo. Pero todo lo que consiguió fue volcar un par de cestos de bambú. Finalmente, se enganchó el pie en el cordón del teléfono y cayó al suelo. El auricular se había descolgado, y Sven escuchó una voz muy lejana.

—¡Socorro! —gritaba llena de espanto—. ¿Cómo se deshace un nudo cuando uno no sabe hacerlo?

—Hola —dijo Sven desde el suelo—. Hola, ¿quién está ahí?

—Oh, no —cuchicheó la voz aterrorizada, y luego ya sólo se pudo oír un susurro muy lejano.

En ese momento, el ojonocturno dio una última vuelta bajo el techo y desapareció, colándose por la oscura trampilla.

—¿Qué hay ahí abajo? —preguntó Sven fatigado.

—Sólo una vieja despensa —dijo el Negro Cornflake—. Pero no quedan más que bizcochos polvorientos y latas de sardinas. No hay ni rastro de cereales. Odio las sardinas.

—¡Sardinas! —repitió Sven excitado—. Creo que sé lo que eso significa. ¡Ven conmigo!

—Supongo que no esperarás que una gata de camuflaje baje por una escala de cuerda, ¿verdad? —ronroneó Minx, que momentáneamente se transformó en un gato blanco y, de un brinco, saltó a los brazos de Sven. Al instante se había adaptado al dibujo de su camiseta y volvió a ser invisible. Sven se la puso en el hombro y, decidido, empezó a bajar la escala de cuerda que partía de la trampilla.

El chiringuito

EL descenso por la tambaleante escala de cuerda duró justo el tiempo que los ojos de Sven tardaron en acostumbrarse a la oscuridad de la despensa del sótano. Podía distinguir perfectamente el inquieto vaivén del ojonocturno en busca de su camino, ya que su color negro era tan total que, a su lado, el sótano parecía estar a la luz del día.

«Haya hecho mal lo que haya hecho mal, en este mundo de los cuadros al menos he aprendido un montón sobre los distintos tonos de negro y las distintas clases de oscuridad que existen», pensó Sven.

Con un pequeño ruido, Minx se liberó y saltó al suelo. El Negro Cornflake también había llegado entre suspiros y crujidos.

—Puedes verlo por ti mismo —dijo señalando a la despensa, cuyas puertas estaban abiertas de par en par—. No hay más que bizcochos polvorientos y latas de sardinas en conserva.

Sven echó una mirada al interior del oscuro armario.

Ya no estaba el cuadro que lo devolviera al taller de la abuela, y tampoco las arrugadas manzanas con cuya caída había comenzado su aventura hacía mucho tiempo.

—Mejor será que nos ocupemos de ese ojonocturno —dijo.

Pero tampoco esta vez tuvieron suerte. Justo en ese momento vieron cómo el ojonocturno se deslizaba entre la nevera y las cajas de la mudanza para meterse por una puerta entreabierta.

—¿Sabes adónde lleva esa puerta? —preguntó al Negro Cornflake.

—No me atreví a mirar —respondió—. Esto está demasiado oscuro, y ya sabemos que no podemos fiarnos de tu padre. Temía que, en cuanto atravesara esa puerta, la «probable cabaña» se modificaría de nuevo, y entonces me habría quedado en este horrible lugar con todas estas cosas olvidadas, sin un techo bajo el que poder cobijarme.

Minx no parecía compartir estas preocupaciones, o al menos pensaba que había cosas más importantes que hacer, por lo que salió por la puerta para buscar al ojonocturno. Sven la siguió decidido hasta una escalera, pero el fugitivo ya no estaba allí. Ahora que se sentía acompañado de sus amigos, no le daba ningún miedo pulsar el interruptor de la luz. Le sorprendió ver que, en vez de la esperada lámpara, se encendía un farolillo amarillo. Su sospecha parecía cierta.

—Ven, rápido —dijo al Negro Cornflake, que lo seguía gimiendo—. Creo que sé a donde lleva esta escalera.

Sven nunca había estado en aquella habitación, pero estaba seguro de haber visto desde fuera la casa a la que pertenecía. Tras su camino desde la «probable cabaña» y el sótano de Villa Diminuta, debían de estar saliendo al interior del chiringuito de la playa.

—¿Te das cuenta de cómo se han cambiado las cosas y se han borrado las fronteras? —le preguntó Minx al oído—. ¿Ves cómo era hora de volver?

Farolillos amarillos, verdes y azules iluminaban la habitación. Por una de las ventanas entraban los rayos del sol vespertino, proyectando tiras rojas a un suelo cubierto de serrín sobre el que pululaban moléculas de polvo. Las demás ventanas estaban protegidas con contraventanas de color azul oscuro. A un lado, había una barra de madera con vasos encima y taburetes delante. La habitación parecía un pequeño restaurante. Había unas cuantas mesas de hierro pintadas de blanco y rodeadas de sillas, como si alguien hubiera dejado todo bien recogido por fin de temporada. No había ni rastro del ojonocturno. Seguramente se había escapado por la ventana abierta.

De repente se escuchó un bufido.

—A esto le llamo yo quedarse bien dormido. Qué, otra vez que no ha sonado el despertador, ¿no? Amigo mío, a este lado del horizonte damos las clases por la mañana y no por la noche.

¡Era Rinoberto *el Rinoceronte!* Estaba sentado al final de la barra, por eso Sven no lo había visto hasta entonces. Parecía más delgado, y su uniforme de color caqui tenía un aspecto sucio y sudado. Las gafas de sol se le habían escurrido por su larga nariz hasta la punta, y sus pequeños ojos, que asomaban por encima, parecían somnolientos y cansados.

Sin embargo, seguía teniendo una fuerza tremenda. Se levantó de un salto y cogió con una mano a Sven y con la otra al Negro Cornflake, por la pechera, de tal forma que los dos se quedaron pataleando en el aire sin poder soltarse.

—¡Alto, esto es una equivocación! —protestó Sven.

—Conque una equivocación, ¿eh? —dijo Rinoberto sin soltarlos—. Yo más bien creo que he encontrado a un alumno fugitivo y a un profesor perdido. ¿Quién de vosotros quiere hacer de profesor?

—Yo lo único que podría enseñar es a bailar claqué —balbució el Negro Cornflake, cuyos botines no dejaban de dar patadas al aire.

—Y yo soy un alumno, pero no de aquí —jadeaba Sven—. Aquí sólo estoy buscando un ojonocturno.

Rinoberto movió la cabeza desilusionado y abrió sus voluminosos puños. Sven y el Negro Cornflake cayeron al suelo como dos sacos de patatas.

—¡Vaya, qué pena! —exclamó Rinoberto mientras los otros dos se quitaban el serrín de la ropa—. Como conductor de un autobús escolar, necesito a un profesor que me diga dónde está la escuela del Desierto Exterior. Y un profesor necesita por lo menos un alumno para que la escuela sea una escuela de verdad.

—Lo siento —dijo Sven—. Pero nosotros sólo queremos atrapar a un ojonocturno y devolver una joya mágica.

—¡Ah! —bufó Rinoberto triunfante—. Si uno de vosotros tiene un cristal tornado, ése es el profesor. Los profesores deben encargarse de que esas piedras no sean enterradas. No podéis evitarlo simplemente levantándoos demasiado tarde o queriendo devolver la joya mágica. Nadie os la cogerá.

—No sabía que iba a ser tan difícil deshacerme de los regalos —suspiró Sven dirigiéndose a la gata de camuflaje, cuyos ojos de color turquesa brillaron un instante ante una de las contraventanas azul oscuro.

—Y tú, ¿con quién estás hablando ahí? —tronó Rinoberto, desorientado—. A este lado del horizonte no nos gusta ver que los profesores empiezan a hablar con las paredes.

—Al contrario —intervino Minx con voz burlona—. Si las paredes empiezan a hablar, no tiene ninguna importancia que a ti te guste verlo o no. Únicamente tendría importancia el hecho de que te gustara oírlas. Y, si en esta pared hay un gato de camuflaje, el que a ti te guste verlo o no carece doblemente de importancia, porque tú nunca lo verías.

Nadie parecía haber oído los comentarios de Minx, aparte de Sven. Por eso, el chico le dijo a Rinoberto:

—Yo no he hablado con la pared, sino con una gata de camuflaje que se llama Minx.

—Pues bien —gruñó el otro, echándose su gorra de visera a la nuca—. Si el alumno no quiere ser alumno, el profesor del cristal tornado no quiere ser profesor y no se puede saber si el supuesto bicho es una pared o un gato, me pregunto qué carajo andáis buscando en la parada del autobús escolar del Desierto Exterior.

—¿Que esto es una parada de autobús escolar? —preguntó Sven estupefacto—. ¡Pero si antes era un chiringuito a orillas del océano!

—Yo no entiendo nada de antes. Mientras yo esté aquí esperando a los alumnos, esto tiene que ser una parada de autobús escolar. Reconozco que, como el tiempo se me hacía demasiado largo, he transportado algunas latas de sardinas con el autobús auxiliar. Pero, en condiciones normales, para mí eso es una utilización ilícita.

—¿De verdad que no ha pasado por aquí un ojonocturno? —lo interrumpió el Negro Cornflake—. ¿Una mariposa grande, muy negra?

—¿Y no sería posible que yo devolviera la joya mágica de todas formas? —añadió Sven.

—Yo no tengo ningún ojonocturno —gruñó Rinoberto—. Y, si lo tuviera, lo cambiaría por un par de alumnos.

—¿Pero dónde han ido la señora Hartel, el señor Kowalski y todos los demás? —quiso saber Sven.

—Ésa es una historia muy desagradable —dijo Rinoberto *el Rinoceronte* dejándose caer en su taburete con una tristeza repentina—. Durante la noche hubo un temporal muy fuerte, quizá por algún cristal tornado enterrado en alguna parte del Desierto Interior; la cuestión es que, a la mañana siguiente, los *wadis,* los cañones y las famosas pirámides estaban cubiertas de agua. El agua arrastró todas las cosas que había en el Desierto Interior.

Como podréis imaginaros, ya no hace falta dar Ciencias del Desierto, porque el desierto ha dejado de ser un desierto.

Sacó un enorme pañuelo de su pantalón y se sonó la nariz de forma muy escandalosa.

—Y claro, si ya no se dan clases de Ciencias del Desierto, tampoco se necesita a Rinoberto *el Rinoceronte* —continuó diciendo—. Lo único que sé es llevar un autobús escolar, y que los niños me llamaban a escondidas Rinoberto *el Rinoceronte.*

—Yo sé muy bien lo que es que a uno ya no lo necesiten —dijo el Negro Cornflake en voz baja.

—Tuve suerte de, al menos, poder encontrar el Desierto Exterior —añadió Rinoberto, y se volvió a sonar la nariz—. Preparé esta parada de autobús escolar y desde entonces estoy esperando.

—Seguro que encontrarás un trabajo mejor —le animó el Negro Cornflake dándole unas palmaditas en el hombro—. Debe de ser muy triste que uno sólo pueda transportar niños del Desierto Interior a un desierto exterior cualquiera, y además tener cuidado de que no desaparezcan los desiertos.

—Hace tiempo que el Desierto Interior ha dejado de existir —se lamentó Rinoberto—. Todo está lleno de agua salada. Las olas hasta han traído a la playa cadáveres de ballenas, que ahora están allí apestando y pudriéndose. Pronto ya sólo se podrá andar de un montón de huesos a otro.

—¡Pero si siempre han estado allí! —intervino Sven

confuso—. Esos huesos de ballena siempre han estado en el Desierto Interior, incluso antes de que lo cubriera el agua. Hasta la ambuescuela estaba hecha de huesos de ballena.

—No eran huesos, sino espejismos vivientes —corrigió Rinoberto—. Por todos los cielos, ¿cómo iban a haber podido llegar huesos de ballena a un desierto?

—Bueno, de momento tenemos que encontrar el ojonocturno —cortó el Negro Cornflake mientras se quitaba su caftán azul—. Aquí hace calor. ¿Por casualidad tiene alguien aceite de coco a mano?

—Aquí sólo tenemos esa horrible clase de sardinas blancas y un par de bizcochos polvorientos —resopló Rinoberto—. Pero, si de verdad es tan importante, podemos buscar a vuestro ojonocturno con el autobús. Aunque, si queréis llevaros a ese bicho gatuno que parece una pared, tendremos que coger el autobús auxiliar. A este lado del horizonte no nos gustan las utilizaciones ilícitas.

Diciendo estas palabras, abrió el postigo azul oscuro de la entrada y salió a la terraza del chiringuito, iluminado por el brillante sol del atardecer.

—Todavía no me has contado nada sobre un gato de camuflaje, ¿verdad? —cuchicheó el Negro Cornflake a Sven. Sus ojos no podían distinguir la silueta de Minx, que poco a poco se iba haciendo visible ante las contraventanas y que se movía en dirección a la puerta de la terraza.

—Luego —dijo Sven—. De todas formas, no te lo creerías.

El océano desaparecido

SVEN, Minx y el Negro Cornflake siguieron a Rinoberto hasta la playa. ¿Pero qué había sido de aquella playa? Ya no había olas rutilantes que se acercaran suavemente a ella describiendo coronas espumosas. El olor a sal, a algas marinas, a fósforo y a vacaciones había desaparecido; únicamente había quedado el olor a pescado, sólo que ahora no se trataba de pescado fresco. Las palmeras de las dunas, por las que Sven había iniciado su primera visita, se habían despojado de sus palmas y se erguían hacia el cielo como viejos postes de la luz quemados.

—¿Cómo puede desaparecer todo un océano? —preguntó Sven sin dar crédito a lo que veía.

—Seguramente de la misma manera que desaparece la cabaña de un árbol —le contestó el Negro Cornflake—. Si alguna vez hubo aquí un océano, quizá sólo fuera un probable océano. A lo mejor tu padre pensó que un océano era demasiado peligroso para ti.

—Las cosas se entremezclan —recordó Minx en voz

baja—. Del océano sólo ha quedado la playa, y distinguir una playa alrededor de un océano que ya no existe es muy difícil.

«También es muy difícil distinguir un Desierto Interior que está bajo el agua del mar», pensó Sven.

Una explosión tronadora interrumpió sus pensamientos. Rinoberto había puesto en marcha su camión y descubría la esquina del chiringuito. El camión parecía aún más viejo, chatarroso y sucio que la vez anterior. Únicamente estaba limpio el sitio donde en la primera visita de Sven ponía «Autobús escolar», como si Rinoberto acabara de borrar la inscripción. Ahora sólo se podía leer: «Autobús auxiliar», en una inscripción nueva, pegada con cinta adhesiva.

—¡Eh, vosotros! ¡Subid de una vez! —gruñó Rinoberto—. Yo no sé lo que es un ojonocturno, pero si queréis cazarlo, deberíamos ponernos en camino.

Bajaron los cuatro escalones del chiringuito y se apiñaron en la pequeña cabina del camión. Minx se acurrucó en el regazo de Sven y empezó a adaptar su pelaje al color del pantalón. Sven se dio cuenta de que únicamente él se estaba enterando de esto.

—Lo mejor será que nos dirijamos al horizonte —propuso Rinoberto, cuya corpulencia hacía que el sitio pareciera aún más angosto.

—¿Y cómo cabían aquí los demás alumnos? —gritó Sven, luchando contra el escandaloso ruido del motor. El maldito muelle del asiento se le estaba clavando otra vez en el trasero.

—En este autobús, de ninguna manera —resopló Rinoberto, mientras metía la primera velocidad con un ruido espantoso—. Para los alumnos, cogíamos el autobús escolar, naturalmente.

Luego, arrancó en medio de una nube de arena y humo, y de nuevo se hizo imposible mantener una conversación. Tal como había propuesto, Rinoberto condujo en dirección al horizonte.

En la primera visita de Sven, haría tiempo que se habrían hundido en el océano, pero ahora recorrían gigantescas olas de arena cubiertas por montones de conchas rotas y de corales afilados.

Aquí y allá, había enormes esqueletos de peces entre las dunas. En los huesos se habían enganchado trozos de tela de color azul oscuro, seguramente caídos a las profundidades del mar, que ondeaban con la brisa del atardecer.

«O sea, que así es como llegan las ballenas al desierto —pensó Sven—. Tal como había dicho Minx. Sé que estos huesos son de ballenas de verdad que murieron cuando desapareció el océano. Y también sé que los montones de huesos de ballena del Desierto Interior eran sólo espejismos. Pero resultaba difícil saber si todavía estamos en el desierto o hemos llegado otra vez a la playa.»

Rinoberto se había colocado las gafas en su sitio y giraba el volante con sus zarpas, de un lado para otro, como el capitán de un barco del desierto. El Negro Cornflake se puso la mano de visera para ver si podía descubrir algún rastro del desaparecido ojonocturno. Pero el cielo seguía anaranjado, sin ninguna mancha oscura.

Poco a poco empezaba a cambiar el paisaje. Aun sabiendo que en realidad estaban viajando por el fondo de un océano seco, Sven reconoció a lo lejos los acantilados de un enorme *wadi*. Había oído que el relieve submarino no era muy diferente de la tierra firme, con sus montañas y sus barrancos, pero verlo con sus propios ojos era muy diferente. A orillas de un *wadi* había estado, en su primera visita, la ambuescuela. Ahora veía a lo lejos ondear una lona rota que, extendida y sujeta a unos cuantos postes de madera clavados en la arena, servía de protector contra el sol. Debajo, inmóviles como piedras, cuatro individuos sentados.

Rinoberto se dirigía hacia el improvisado parasol. Por la forma de sus labios se deducía que iba silbando alegremente contra el ruido espantoso del motor. Parecía satisfecho de poder transportar de nuevo a alguien.

En medio de una nube de arena, el camión se detuvo ante la tienda, soltó un último estertor y por fin enmudeció. Los cuatro individuos giraron sus cabezas asustados. Llevaban una especie de trajes de marineros, con pantalones azules hasta media pierna, camisetas de rayas blancas y azules, y gorras de marinero de las que colgaban unas cintas. Uno de ellos, gordo y descolorido como una medusa, escarbaba con un palo las cenizas de un fuego apagado.

—Ahí podéis preguntar por ese ojonocturno —dijo Rinoberto—. A partir de este punto termina nuestro lado del horizonte. Vuestro ojonocturno ha tenido que pasar por aquí.

Con todos los huesos doloridos, empezaron a bajar del camión. Sven percibía un ruido que no había oído en su primera visita al Desierto Interior. ¿O no lo había oído en su primera visita a la playa? La cuestión es que parecía el ruido de una tremenda cascada.

Por eso, sin reparar en los demás, se acercó curioso a la orilla del *wadi*. Tenía razón: teñido de rojo dorado por los rayos del atardecer, y envuelto por los lados en sombras de color azul verdoso, corría, giraba, chisporroteaba y finalmente caía un increíble torrente. Por encima de la pintoresca cascada, las gotas de agua brillaban en el aire, y en una orilla había uno de esos letreros de madera descolorida que tantas veces había visto.

«Éste es el último letrero», decía. Y, en letras más pequeñas: «¿No te habíamos dicho que el último letrero lleva al desierto?».

—No, eso no lo habías dicho —habló Sven al letrero—. Dijiste que el último letrero llevaba «fuera» del desierto.

—Ahora es lo mismo —ronroneó Minx—. Si este letrero lleva «fuera» del desierto, esta agua cae «fuera» de este mundo, y un mundo sin agua se convierte en un desierto. Pero, como este letrero dice llevar «a» un desierto, pues toda esta agua caerá seguramente «al» desierto. Un desierto lleno de agua deja de ser un desierto, por lo que este letrero lleva realmente fuera del desierto.

—Te aseguro que no he entendido ni una palabra

—dijo Sven. Impaciente, se volvió hacia la improvisada tienda, bajo la cual también estaban sentados Rinoberto y el Negro Cornflake con su sombrero abollado—. ¿Han conseguido averiguar algo sobre el ojonocturno?

—Lo dudo —ronroneó Minx—. Están discutiendo sobre la cena.

Sven echó una última mirada al burbujeante precipicio y luego se fue con los demás, que estaban enzarzados en una animada discusión.

—Si yo estuviera en tu lugar —dijo el primer personaje a Rinoberto—, habría aprovechado el viaje para transportar provisiones.

—Y si yo fuera tú —dijo el segundo personaje—, al menos no habría transportado clientes que necesitasen provisiones.

—Finalmente, si yo fuera tú —añadió el tercer personaje—, habría conseguido tantas provisiones de sardinas que para su transporte habría hecho falta, como mínimo, el autobús escolar.

—¡Son los personajes de la fiesta sorpresa! —exclamó Sven anonadado—. Sólo que ahora no están disfrazados.

—Al contrario —ronroneó Minx—. En mi opinión, están muy bien disfrazados.

—Me pregunto dónde se habrá metido el Pirata Solitario —murmuró Sven mientras se sentaba con los demás. Todos parecían ignorarlo. Y también a la gata. Aunque lo de Minx era comprensible, que a él ni siquiera lo saludaran le parecía bastante descortés.

—Vamos siguiendo a un ojonocturno —les interrumpió Sven—. ¿Por casualidad lo habéis visto? ¿Sabéis al menos dónde podemos encontrar al Pirata Solitario?

Uno de los personajes se quedó mirándolo con menosprecio. Ahora que no estaban disfrazados, resultaba imposible adivinar quién de ellos había sido el Tramposo, el Cochino Ruidoso o el Malvado Pastor de Sapos.

—¿Eres tú Cochino Ruidoso? —volvió a preguntar para cambiar de tema.

—Yo soy Heinz Pastor —dijo el primer personaje—. Y si yo fuera tú, preguntaría por cualquier cosa que no sea un pirata.

—Y yo soy Max Ruido —dijo el segundo marinero—. Y si yo estuviera en tu lugar, evitaría cualquier tema que siquiera insinuara la búsqueda de tesoros o las *gymkhanas.*

—Yo me llamo Hans Arenque —soltó el tercer marinero—. Y si yo fuera tú, me reprimiría todo pensamiento sobre fiestas sorpresa de disfraces hasta el punto que pudiera parecer que esa expresión aún está por inventar.

—Yo soy Smutje —dijo la antigua máscara de medusa con voz de pito—. Un *smutje* es el cocinero de un barco de piratas y... Perdón —se cortó de pronto al ver lo enfadados que lo miraban los otros tres—, no queremos hablar más de piratas. ¿Alguien tiene idea de sobre qué podríamos hablar?

—Pero yo sí que quiero hablar del Pirata Solitario —repuso Sven con firmeza—. Tengo que devolver un mapa del tesoro, encontrar un ojonocturno, cambiar una cebra y muchas más cosas, y no dispongo de mucho tiempo.

—Además debemos encontrar a cinco alumnos que se han escapado —resopló Rinoberto—. Y también a un profesor.

—Los conductores de autobuses harían mejor en ocuparse de las conservas —dijo Heinz Pastor.

—Y no necesitamos el mapa del tesoro —añadió Hans Arenque—. Bastante desgracia nos causó uno que tuvimos una vez.

—¿Cómo ha podido el mapa del tesoro causar alguna desgracia, si ha estado todo el tiempo metido en mi maletín? —se extrañó Sven.

—En tu lugar, se lo preguntaría al Pirata Solitario —respondió Heinz Pastor—. Él fue quien tuvo la feliz idea de tirar de esa estúpida cadena que tú desenterraste. Porque no quería creer que el tesoro se componía únicamente de la cadena.

—Pero, desgraciadamente, de la cadena colgaba el tapón del desagüe de este océano —dijo Max Ruido—. Y ya ves lo que ha sido de todo esto. Si yo hubiera estado en el lugar del Pirata Solitario, primero habría comprobado si este océano era un océano de verdad o sólo una bañera.

—Como capitán tampoco valía mucho —comentó Smutje—. ¿Os acordáis de cómo por su culpa se hundió nuestro barco durante aquel pequeño tornado, sólo porque no sabía dar marcha atrás?

—¿Dar marcha atrás? —se escandalizó Rinoberto *el Rinoceronte*—. Pues para eso no hace falta saber mucho.

—¿Pero dónde está el Pirata Solitario? —volvió a preguntar Sven, que tenía la impresión de que no avanzaban.

—Pues, detrás de la próxima roca, en su barco encallado, naturalmente —contestó Heinz Pastor—. Cuando el océano desapareció por el remolino, volvió a aparecer el barco.

—Tener un barco en el desierto es peor que no tener barco —añadió Hans Arenque.

—¿Creéis de verdad que ese río de ahí abajo es lo único que queda del océano? —preguntó Sven incrédulo. Los marineros asintieron con la cabeza.

—A lo mejor se puede atascar el desagüe —dijo el Negro Cornflake metiendo baza—. Cuando llovía dentro de mi «probable cabaña» porque el padre de Sven no se decidía por el tipo de techo que quería, entonces yo tapaba el agujero con palmas.

—Palmas, cereales, sardinas, barcos... —bufó Rinoberto—. ¿De dónde queréis sacar esas cosas a este lado del horizonte?

—La idea no está mal —dijo Sven pensativo—. Sólo me hace falta saber con qué podemos taponar el remolino.

Minx volvió a ser visible lentamente, y dirigió sus preciosos ojos de color turquesa a Sven.

—Puedes dar la vuelta a las cosas que están del revés

—ronroneó en voz bajita—. Para recuperar algo que se ha escapado, sólo tienes que soltar algo que está atrapado.

—Pero a mí ya no me queda nada que soltar —murmuró Sven—. El ojonocturno se nos ha escapado, y tampoco me imagino cómo podría ayudarnos a recuperar el océano.

Sin embargo, mientras decía estas palabras, se acordó de que aún tenía otra cosa: el misterioso cristal mágico en cuyo interior se agitaba un minúsculo tornado. Se levantó lentamente. Los demás seguían discutiendo sobre quién sabía más de desiertos y océanos, y si aquel lugar debía ser tratado como una especie de océano o mejor como una especie de desierto.

—Ven conmigo —dijo a Minx—. Tal vez haya sido una buena idea que los gatos hayan decidido no hablar más.

Y se encaminó a la cascada por la que desaguaba lo que quedaba de océano.

La tormenta enterrada

SVEN se alejó del grupo con decisión, sacó su joya mágica del maletín y la contempló pensativo a la luz del inamovible atardecer. El minúsculo tornado seguía activo en el interior del cristal: no dejaba de agitarse y buscar una salida palpando con su cola por todos lados, al tiempo que levantaba inapreciables moléculas de polvo que infundían un brillo dorado a la piedra.

Nadie reparaba en él, y Sven, por su parte, ya no tenía que escuchar habladurías sobre sardinas, cereales o el fracaso del Pirata Solitario, que debía de estar en algún lugar detrás de las rocas. Únicamente Minx, convertida de nuevo en gata blanca, lo había seguido para observarlo con sus ojos color turquesa.

«¿Cómo podría este tornado hacer que el océano perdido vuelva al desierto? —se preguntó—. Tal vez levantando arena y piedras y arrastrándolas. Si se desencadena con fuerza, arrastrará mucha arena y piedras enormes que posiblemente caerán al *wadi* y atascarán el desagüe por el que está desapareciendo el océano. Podría funcionar —se dijo—. ¡Me gustaría tanto ayudar al Pirata Solitario!»

—¿Cómo se libera un tornado atrapado? —preguntó a la gata de camuflaje, que se había sentado tranquilamente sobre sus patas traseras.

—Perdiéndolo en el lugar adecuado.

—¿Por qué se libera cuando uno lo pierde?

—Porque perder algo es sólo una forma de liberarlo. Al igual que encontrar algo es sólo un forma de cautivarlo. Al menos eso sucede con los tornados. ¿No lo sabías?

—No, no lo sabía —reconoció Sven avergonzado.

Acarició por última vez su cristal mágico. Aquella piedra era el más maravilloso regalo que había recibido en el mundo de los cuadros. Pero su decisión estaba tomada.

—Si te parece, lo pierdo ahora mismo —dijo decidido. Se acercó unos pasos al antiguo *wadi* y dejó caer la piedra mágica.

Con el sol del atardecer, el cristal brillaba en la arena y proyectaba reflejos multicolores sobre las piedras.

—No funciona —dijo desilusionado.

—Claro que no —se rió Minx—. Porque no has perdido la piedra, sino que la has dejado caer a la arena.

Sven se quedó un momento pensando sobre ello y luego tuvo que darle la razón.

—Cuando tienes que perder algo a propósito, necesitas un lugar adecuado para que parezca que ha ocurrido sin querer.

—Eso es muy difícil. Aquí hay demasiados lugares. ¿Cómo voy a saber que he dado con el adecuado? Y, aunque lo encuentre, ¿cómo lo hago para no volver a encontrar también allí la piedra?

—Utiliza algo con lo que siempre se encuentra el lugar adecuado y luego la entierras —ronroneó Minx.

—¡El mapa del tesoro! —exclamó Sven emocionado—. ¡Eso es!

Recogió el cristal, sacó el mapa del maletín y se fue a la orilla del *wadi*. Abajo gargareaba y tronaba incansable el océano, o lo que había quedado de él. A su lado seguía estando el letrero clavado en la arena. Sven se quedó mirándolo y se detuvo de pronto.

—Pero en uno de los letreros ponía que estaba terminantemente prohibido enterrar cristales mágicos.

«No se deben retirar huesos de ballena del desierto y no se deben enterrar cristales mágicos», recordó.

—Las prohibiciones no deben ser cumplidas por el mero hecho de que alguien se haya tomado la molestia de escribirlas —ronroneó Minx con cierta ironía.

Sven suspiró aliviado. Esta vez quería hacerlo bien. Extendió el mapa del tesoro en el suelo y empezó a escarbar con las manos en la arena, justo en el lugar donde lo había puesto. Cuando el agujero le pareció lo suficientemente profundo, introdujo, con una última mirada de lástima, el cristal mágico en el que se agitaba cada vez más nervioso el minúsculo tornado. Luego volvió a tapar el agujero y alisó bien la superficie, de forma que no quedó ni rastro de su trabajo.

Una suave brisa le echó el pelo sobre los ojos, y cuando se sacudió el flequillo, pudo ver cómo su mapa del tesoro volaba por los aires, más allá del *wadi*. Sven se levantó de un brinco y corrió tras él. Necesitaba aquel mapa porque tenía que devolvérselo al Pirata Solitario.

Por suerte logró atrapar el trocito de papel cuando una ráfaga de viento lo empujó hacia el suelo.

Fatigado, volvió con el mapa en la mano y miró hacia la orilla del *wadi*, al lugar donde había enterrado el cristal tornado. Pero ya no pudo dar con él: la piedra se había perdido para siempre.

—¡Eh, tú! —bufó en ese instante Rinoberto a sus espaldas—. ¡Ven, corre! ¡Tenemos que irnos! Detrás del horizonte se está levantando una tormenta de arena que llegará aquí de un momento a otro.

Los demás habían dejado de discutir y se agolpaban alrededor del camión de Rinoberto. Sven guardó el mapa del tesoro en su maletín y también se puso en camino. El cielo se había oscurecido donde estaba el antiguo chiringuito. Una increíble y gigantesca nube roja y marrón se acercaba rodando lentamente hacia ellos. Cuando Sven se reunió con los demás, los marineros acababan de cubrir con su lona el remolque del camión.

—Más deprisa, más deprisa —los apremiaba Rinoberto, nervioso—. Tenemos que darnos prisa. No había vuelto a ver una tormenta de éstas desde que desenterramos los últimos cristales mágicos y se los dimos a los profesores para que los guardaran.

Minx ya había saltado a la parte delantera del vehículo sin que nadie lo notara, cuando los demás se fueron repartiendo como pudieron. Rinoberto arrancó entre los chirridos y quejidos del motor y en medio de una apestosa nube de humo. El último en subir fue Sven, que se apretujó al lado del muelle del asiento y cerró la puerta de un golpe.

—¿Adónde vamos? —gritó, mientras colocaba a la gata de camuflaje en su regazo. Tenía miedo de la enorme espiral de polvo que cubría ya la mitad del cielo, pero encontraba emocionante vivir una tormenta de arena de verdad.

—¡Sobre todo, lejos de aquí! —resopló Rinoberto mientras intentaba meter la velocidad entre crujidos. Ahora se podía ver claramente cómo la tormenta de arena se desplazaba girando a medida que ganaba altura y anchura. Con el sol del atardecer había tomado un color rojo intenso.

—Pero primero tenemos que salvar al Pirata Solitario —gritó Sven.

—¡Tenemos que salvarnos a nosotros mismos! —gritó Rinoberto.

El camión dio un brinco y comenzó a moverse a través de la arena, hacia donde el cielo estaba claro y posiblemente no corrieran ningún riesgo.

Nadie hablaba. Sólo se oía el zumbido del motor. En la huida, Rinoberto apuraba cuanto podía el viejo camión sin ni siquiera entretenerse en sortear los corales y esqueletos que encontraba por el camino.

«Lo del Pirata y la tormenta no es culpa mía —pensó

Sven—. Es completamente imposible que ese cristal mágico tenga algo que ver con esta tormenta. Tiene que ser una casualidad.»

Aparte de los zumbidos y rugidos del motor, y de los chirridos del asiento, enseguida comenzaron a percibir un ruido nuevo e inquietante: era atronador, seco, cada vez más intenso; en él se entremezclaban quejidos y suspiros. ¡La tormenta de arena los estaba alcanzando!

Pero Rinoberto no se daba por vencido. Por debajo de la gorra le caían goterones de sudor; sus corpulentas zarpas tiraban del volante de un lado para otro y sus pies pisaban los pedales como si quisieran atravesar el vehículo. Sven sujetaba con una mano a Minx y con la otra se agarraba a la puerta, pero aun así estuvo a punto de salir despedido. ¡Cómo debían de estar pasándolo los demás: los marineros, Smutje y el Negro Cornflake, que iban en el remolque, bajo la lona!

Todo fue inútil: el huracán los alcanzó. De pronto, la ola de arena y escombros se les vino encima y, con una acometida impetuosa, los envolvió. El camión se detuvo ante un obstáculo invisible y quedó rodeado de una niebla rojiza e impenetrable. Rinoberto se quitó las gafas de sol y contempló indefenso los embates del torbellino contra la luna delantera. Parecía un capitán que ha perdido una batalla pero se resiste a abandonar su barco.

Aunque a Sven la tormenta seguía pareciéndole emocionante, ahora que estaba en medio de ella empezaba a sentir algo de miedo. Los pedruscos no dejaban de estrellarse y martillear contra las lunas, y a pesar de que el camión estaba parado por completo y se tambaleaba y zarandeaba, parecía arrastrarse en un mar cuyas olas y corrientes giraban a una velocidad de vértigo. Sólo podían agarrarse y esperar que el huracán no los enterrara del todo bajo la arena.

El ruido de la tormenta era ensordecedor, y no sólo se oía, sino que también se sentía, como el temblor de un terremoto. A este concierto se iban sumando, cada vez más claros, un bramido y un gargareo, mientras las agitadas cortinas de arena roja se parecían más que nunca a las olas enloquecidas.

—¡Esto es agua! —gritó de repente Rinoberto, aterrorizado. Su gruesa mano señalaba a la parte inferior de la puerta del conductor, por donde, en efecto, fluía un agua rojiza que, casi imperceptiblemente, había cubierto ya parte del suelo de la cabina.

«Todo está perdido —pensó Sven, mientras ponía su maletín a salvo junto a la gata de camuflaje—. El océano está volviendo de verdad. He liberado una tormenta que ha atascado el *wadi* y me he deshecho de un cristal mágico y de un ojonocturno. He empezado a arreglar las cosas, pero ahora nos vamos a ahogar todos. Y dará completamente igual si me encuentra la gente de las sombras o no.»

El *Ballena Voladora*

DESPUÉS de un rato, la tormenta amainaba, pero el agua teñida de rojo por la arena seguía entrando en la cabina. Daba la impresión de que el camión de Rinoberto se estuviera hundiendo en un mar de sangre. Ahora Sven también podía oír los gritos desesperados y aterrorizados de los marineros y del Negro Cornflake, que parecían estar pasándolo bastante mal en el remolque. El camión empezó a balancearse y a moverse hacia todos los lados, como si sus ruedas hubieran perdido el contacto con el suelo debido a la presión del agua. Sólo era cuestión de tiempo que desaparecieran definitivamente bajo la superficie del océano.

Rinoberto abrió la puerta de un empujón. Un golpe de agua se metió dentro. Sólo Minx logró mantenerse medianamente seca, porque se había subido a los hombros de Sven y se aferraba a él con sus uñas puntiagudas. ¡Eso sí que dolía! Pero Sven sabía muy bien cuánto odiaban los gatos mojarse. Y un gato de camuflaje no era ninguna excepción.

—Tenemos que salir de aquí —bufaba Rinoberto—. Tenemos que subir todos al techo; si no, nos ahogaremos como las ratas de un barco.

Cuando, siguiendo a Rinoberto, Sven consiguió llegar al techo de la cabina, descubrió que los demás se habían salvado del mismo modo. Allí estaban todos apiñados, sentados, afrontando las todavía enfurecidas olas que los empapaban. El remolque había desaparecido bajo las aguas y la lona azul oscura había sido arrancada por la tormenta; ya sólo asomaba la parte superior de la cabina, en un océano que, por fin, se iba calmando.

Poco a poco se aclaraba el cielo y el aire iba siendo más transparente. Entre los bancos de niebla pudieron distinguir que estaban en medio del mar, y que éste se extendía hasta el horizonte. Las olas empezaron a calmarse, pero el agua seguía subiendo.

—Esto es el final de las ciencias del desierto —dijo Rinoberto con amargura—. Primero el Desierto Interior se convierte en mar, y luego ocurre lo mismo con el Desierto Exterior. Esto es el final de las ciencias del desierto, y de mi autobús auxiliar, y de mi trabajo como conductor del autobús escolar.

—Si yo fuera tú —dijo Heinz Pastor—, me estaría muy callado. Al fin y al cabo, ha sido tu arte en la conducción lo que nos ha traído hasta aquí.

—Y si yo fuera tú —dijo Hans Arenque—, me habría asegurado de que el autobús escolar estuviera equipado con barcas de salvamento.

—Si yo estuviera en tu lugar —añadió Max Ruido—, habría tenido al menos equipos contra la lluvia. Nuestros trajes de marineros se han quedado como si los hubiéramos cocido en salsa de tomate.

—Mi autobús se puso en servicio en un desierto interior, no en una playa —bufó Rinoberto—. ¿Acaso lo habéis olvidado?

—Y, con respecto a las provisiones, la cosa tampoco es muy alentadora —se quejó Smutje, arrimándose al centro del techo aunque ya estaba empapado.

—Dejad ya de protestar por todo —los cortó Sven, que estaba perdiendo la paciencia—. Más vale que penséis en algo antes de que tengamos que nadar.

—Nada tú, si tanto te gusta —le susurró Minx al oído—. Yo, como gato que soy, pienso pasarme a ese barco de ahí.

—¡Un barco! —gritó Sven incrédulo.

Todos enmudecieron. Y, en efecto, empezaron a oír, además del llanto del viento que iba amainando, el ruido de crujidos y golpeteos de cuerdas, y los azotes de las olas contra la madera. Entre la tormenta de arena que poco a poco se iba alejando, se distinguía la silueta de un barco de vela de aspecto fantasmagórico.

Uno de sus tres mástiles se había partido y sus velas azules oscuras ondeaban medio rasgadas en las vergas. Pero, aun así, el barco navegaba seguro hacia ellos.

—Ése es el *Ballena Voladora* —cuchicheó Max Ruido respetuoso.

—El capitán ha puesto nuestro cascarón a flote —dijo Hans Arenque.

—Y eso que no es un verdadero capitán —completó Heinz Pastor.

—Es muy poco probable —murmuró el Negro Cornflake—. Es muy poco probable que lleve un cargamento de aceite de coco.

«Ése es el barco que vi en el cuadro transformado del desierto, en la habitación de Minx», pensó Sven.

Mientras tanto, Rinoberto se había levantado y agitaba su gorra y saltaba como un loco, sin importarle los bollos que estaba haciendo en la chapa del techo.

—¡Hacia aquí, hacia aquí! —gritaba—. ¡Autobús auxiliar en peligro de naufragio!

Pero el barco los había visto hacía tiempo e iba reduciendo su velocidad, hasta que finalmente paró justo delante del camión hundido. Al tirar el ancla se oyó un «zas», y momentos después echaron una escala de cuerda por la borda. Tras ella apareció la cara redonda del Pirata Solitario.

—¡Hala, hala! —dijo ladeando la cabeza para poder ver mejor bajo su parche negro—. Todo el mundo a bordo.

—Estas escalas de cuerda no me dan buena espina —murmuró el Negro Cornflake, al que le tocó subir primero.

Los que iban vestidos de marineros tiraban de la escala para tensarla, y lo empujaban y achuchaban hacia arriba, para seguirlo en el ascenso con gran agilidad. Mientras seguía a Smutje, Sven se dio cuenta de que también él iba cogiendo práctica en lo de subir por escalas de cuerda.

—No, si al final voy a tener que camuflarme como gato marino —cuchicheó Minx, descontenta, al oído de Sven.

El último en subir por la escala fue Rinoberto.

—¡Qué vergüenza! —resopló—. Ahora sí que estoy definitivamente en el paro. A este lado del horizonte no se estila que un conductor abandone su autobús. ¡Qué vergüenza!

—Has llegado justo a tiempo —dijo Sven al Pirata Solitario, mientras Minx saltaba desde sus hombros hasta la cubierta, donde enseguida empezó a sacudirse el pelo, pues, al parecer, el mimetismo funciona mejor en los gatos de camuflaje cuando tienen el pelo seco.

—Cuando te dirijas a un capitán tienes que decir: «Capitán» —informó el Pirata Solitario a Sven. Después se dirigió a Smutje—: Tú, marchando a la cocina —berreó—. Y los demás también. ¡Poned las vergas! ¡Ocupaos de la cena! ¡Poneos ropa limpia! ¡Fregad la cubierta! ¡Izad la mesana! ¡Elevad el ancla!

Smutje bajó a la cocina dando tremendos zapatazos. El Negro Cornflake lo siguió indeciso mientras le chirriaban todas las articulaciones. Los marineros se ocupaban de la cadena del ancla. Minx había terminado su aseo y se disponía a adaptar su pelaje al rollo de cuerda sobre el que se había tumbado. Sólo Rinoberto *el Rinoceronte* seguía apoyado en la borda, contemplando el suave oleaje del océano, como si con ello quisiera ver aparecer su camión hundido.

—¡Capitán, si ya no cuchicheas! —dijo Sven sorprendido.

—He recuperado mi barco y surco los mares —dijo el Pirata Solitario, lleno de orgullo.

—Si yo estuviera en su lugar, no sería tan bocazas —le cuchicheó por la espalda Heinz Pastor a Sven—. Es el peor capitán del mundo. Ni siquiera sabe dónde está babor y dónde estribor.

—Si yo fuera el capitán —murmuró Hans Arenque mientras recogía la oxidada cadena—, no levaría anclas hasta no estar seguro de lo que hay en el fondo. Este capitán haría naufragar su barco aunque en todo el mar no hubiera más que un banco de arena.

—Y si yo fuera el capitán —añadió Max Ruido—, buscaría de forma tan persistente un auténtico timonel que tú llegarías a contárselo incluso a tus nietos. Porque antes, este capitán sólo era el grumete de este barco, que siempre se disfrazaba de capitán solitario.

—¡Marchando a la cocina! —berreó el Pirata Solitario—. ¡En mi barco no consiento rebeliones!

Los marineros sonrieron irónicamente a Sven y se marcharon. El Pirata Solitario no parecía haberse dado cuenta de las burlas de los marineros, y tuvo que ponerse de puntillas ante el grandísimo timón para poder mirar por encima de él.

Lentamente, el *Ballena Voladora* se puso en movimiento. El Pirata Solitario giraba el timón de izquierda a derecha indiscriminadamente, sin seguir una dirección concreta, de forma que las velas ondeaban tan pronto

hacia un lado como hacia el otro. Su sable sonaba cada vez que tenía que saltar a la pata coja para esquivar el mástil, que también iba de lado a lado. Una vez hasta le quitó el sombrero de la cabeza de un golpe. Sven no entendía mucho de los misterios de la navegación, pero no hacía falta ser un experto para darse cuenta de que este capitán no infundía ninguna confianza.

El cielo había terminado de despejarse, las nubes habían desaparecido en el horizonte y el mar estaba como una balsa. Sven no tenía la impresión de que avanzaran, y si realmente se movían, parecían hacerlo en círculo. Pero, como chico de ciudad que era, podía estar equivocado.

—¿Es cierto que tú no eres un capitán de verdad? —preguntó al Pirata Solitario—. ¿Es verdad que eres sólo el grumete?

—Eso duele —cuchicheó el Pirata Solitario—. Siento tener que decirte que semejante comentario duele horrores.

—Pero es que parece que estamos navegando en círculo —soltó Sven, para que lo tuviera en cuenta.

—A lo mejor es cierto —cuchicheó el Pirata Solitario—. Tengo miedo al agua. Tengo miedo de que encallemos y el barco se hunda. En realidad nunca quise ser ni capitán ni pirata.

—¿Pero, entonces, por qué lo fuiste? —preguntó Sven sorprendido.

—Por ti, naturalmente —le contestó el Pirata Solitario—. Estaba tan orgulloso de que tú te disfrazaras siempre de Pirata Solitario, que yo quería ser tal como tú te imaginabas a tu pirata solitario. Siempre he querido tener a alguien como tú por amigo; alguien fuerte, que no teme a nada. Intentaba esforzarme para no tener miedo al agua y no cojear, pero no funcionó. Nuestro verdadero capitán abandonó el barco escuela demasiado pronto.

—¡Pero si el Pirata Solitario sólo es un estúpido disfraz! —lo consoló Sven—. Y eso era antes, cuando yo todavía era pequeño.

—Lo del pirata tal vez sea un disfraz que uno puede quitarse —cuchicheó el Pirata Solitario, y, asustado, saltó para esquivar el mástil—. Sin embargo, lo de la soledad no es tan fácil.

—Pero tienes a los demás: a Heinz, a Max, a Hans y a Smutje...

—Ésos sólo se ríen de mí porque no sé cómo se dirige un barco escuela de éstos. Yo sólo sé darle vueltas a este estúpido timón y cuidarme de que este palo, o lo que sea, no me mate de un leñazo.

—Bueno, y ahora, ¿qué? —preguntó Sven.

—No tengo ni idea —le contestó el Pirata Solitario muy preocupado.

—¡Oye, tú, capitán! —bufó Rinoberto desde la borda—. Si no pisas de una vez el acelerador, nunca llegaremos al otro lado del horizonte.

—Tengo miedo de que encallemos en un banco de arena. Y además es muy difícil ver bien con un solo ojo.

—¡Tonterías! —resopló Rinoberto, acercándose con sus fuertes pisadas—. Esto sigue siendo una especie de desierto, aunque ahora parezca un océano. Puedes creerme, conozco cada piedra del desierto. Para eso me he tirado mucho tiempo conduciendo por él.

Así que apartó a un lado al Pirata Solitario, quien tropezó con su sable y casi se cae por la borda, y, sin más preámbulos, agarró el timón con sus tremendas pezuñas y lo giró como si fuera una hélice. Las velas se hincharon, y el *Ballena Voladora* se puso en marcha.

—Es mejor que me dejes a mí —aseguró—. Conducir un autobús escolar o un barco escolar viene a ser lo mismo. Tú sólo tienes que indicarme adónde quieres ir, y yo te llevo.

Rinoberto se encasquetó la gorra. Parecía muy contento. El *Ballena Voladora* iba viento en popa a toda vela.

—¡Pero si yo no tengo ni idea de adónde podemos ir! —se quejó el Pirata Solitario con tristeza—. Cuando esto todavía era un barco escuela, con un capitán de verdad, por las mañanas dábamos ciencias del mar y por las tardes cogíamos rumbo a algún tesoro. Pero, para eso, se necesita un buen mapa y creo que también un gato a bordo.

—¡Pues no hay problema! —exclamó Sven de repente—. ¡Tenemos un mapa infalible! Y también un gato, aunque tú no puedas verlo con tu parche.

Y, con aire triunfante, sacó el trozo de papel con la cruz roja y se lo dio a Rinoberto.

—¿Cómo se navega con un mapa de éstos? —preguntó Rinoberto.

—Creo que se clava en la proa y luego se navega siempre en su dirección —cuchicheó el Pirata Solitario.

—Eso ha quedado claro —bufó Rinoberto—. En el Desierto Interior lo hacíamos igual, sólo que con letreros de madera.

—¡Heinz Pastor! ¡Ven con un martillo y un clavo, y pon este mapa en la proa! —gritó alto y claro el Pirata Solitario. Su voz sonaba bastante aliviada. Sven deseaba sinceramente que, a partir de ahora, no tuviera que cuchichear nunca más.

Heinz Pastor subió por la escalera con su traje de marinero reluciente, cogió el mapa y, con tres golpes certeros, lo clavó en la proa.

Rinoberto giró un poco el timón y empezó a silbar alegremente aunque desentonando. El *Ballena Voladora* avanzaba rápido y seguro hacia el inamovible sol del atardecer. Incluso a Minx parecía gustarle ser la gata del barco, porque, al mirarla, se podía ver perfectamente el brillo de sus ojos de color turquesa.

—¡Eh, vosotros! —bufó Rinoberto—. ¿Estáis seguros de que este mapa funciona? Nos está llevando al otro lado del horizonte, y los de este lado del horizonte no tenemos mucha experiencia con los otros lados.

—Si yo fuera tú —dijo Heinz Pastor, me daría igual el lado del horizonte al que vayamos, con tal de que no encontremos bancos de arena y tengamos un capitán experimentado al mando.

—¡Prepara una gran fiesta! —le ordenó el Pirata Solitario—. ¡Una fiesta sorpresa de disfraces! Vamos a celebrarlo. En todos los barcos se celebran fiestas cuando se navega de un lado del horizonte al otro.

Tierra a la vista

ESTA vez sí que resultó una fiesta de disfraces estupenda. Smutje, que volvió a vestirse de Medusa, colocó farolillos amarillos, azules y verdes por los mástiles, y los marineros, convertidos de nuevo en peces, pusieron en cubierta, bajo las sonoras velas, una mesa larga de madera y dos bancos. Sólo Rinoberto permanecía inmóvil junto al timón, siguiendo el mapa del tesoro. Cuando Heinz Pastor le hizo solemne entrega de una gorra de capitán, únicamente la cogió y la puso a su lado en el suelo.

—Yo no tengo que disfrazarme —ironizó bajo su vieja y sudorosa gorra—. Soy Rinoberto *el Rinoceronte,* y eso ya es suficiente disfraz.

Minx tampoco se había disfrazado, seguía camuflada sobre el rollo de cuerda y, cuando nadie podía verla, se convertía en una gata blanca. Con el vaivén de las olas, aparentaba estar soñando, y eso tranquilizaba a Sven. Además resulta difícil imaginar de qué podría haberse disfrazado una gata de camuflaje para que nadie la reconociera.

El Pirata Solitario sí que estaba irreconocible. Se había quitado el parche del ojo, que le impedía ver nada, y el sable, que para lo único que le servía era para tropezar continuamente. Ahora parecía un grumete regordete; vestía pantalón azul oscuro y una camiseta de rayas y tenía el pelo despeinado. Como un grumete normal y corriente, cargaba una burbujeante olla que colocó encima de la mesa.

—No son sardinas, pero, a cambio, Smutje y el Negro Cornflake han cocinado una sopa de pescado blanco —le dijo a Sven—. Por cierto, las sardinas nunca me han gustado mucho.

La sopa de pescado, alrededor de la cual se reunieron todos, estaba realmente deliciosa. Sven sólo dejó unos cuantos cereales que flotaban por encima decorándola.

Seguían sin gustarle los cereales reblandecidos, especialmente si estaban reblandecidos en sopa de pescado.

—Si yo hubiera estado en el lugar del capitán —dijo Max Ruido, que se había convertido en Cochino Ruidoso—, habría preparado una sorpresa para una fiesta así. Al fin y al cabo, vamos a cruzar el ecuador, ¿no?

—Si yo fuera aquí el capitán —dijo Hans Arenque, que se había disfrazado de enemigo férreo de arenques—, no me sentaría a esta mesa hasta que no tuviera al menos dos atracciones preparadas.

Después soltó un respetable eructo.

—Y si yo fuera el capitán —añadió Heinz Pastor, el Malvado Pastor de Sapos—, habría preparado tantas sorpresas que hasta vuestros nietos se quedarían con los ojos como platos de asombro.

—Sois unos viejos aguafiestas —dijo Sven divertido—. ¿Por qué no hacéis alguna vez algo por vosotros mismos, en vez de estar siempre quejándoos de lo que hacen los demás?

—Ésa es una buena idea —admitió Max Ruido después de una pequeña pausa.

—Es incluso maravillosa —añadió Heinz Pastor entusiasmado, asintiendo con la cabeza.

—La idea es tan genial que me pregunto, ¿cómo no se nos ha ocurrido a nosotros? —recalcó Hans Arenque preocupado—. Pero ahora ya es demasiado tarde.

Sin embargo, no lo era, porque finalmente tuvieron su atracción. El Negro Cornflake, con su chaleco de rayas rojas y blancas, sus blancos botines y sus guantes recién lavados, había arreglado los bollos de su sombrero de copa y estaba dispuesto a animar la fiesta. Milagrosamente, Smutje había encontrado en las entrañas de su cocina aceite de coco y crema de zapatos. Así que los brazos rosados y la negra cara del Negro Cornflake brillaban como si estuvieran recién pulidos. Hasta habían conseguido un bastón de bambú.

Era asombroso cómo bailaba claqué el Negro Cornflake. Sus pies se movían con tanta rapidez sobre la tarima que sonaban como redobles de tambores. Y el bastón giraba tan deprisa en el aire como las alas de las libélulas. El Negro Cornflake bailaba y zapateaba al tiempo que tarareaba una canción. Luego, agitando su sombrero, saltó a la mesa, donde los cubiertos empezaron a sonar al ritmo que sus pies marcaban: pegaba los talones de sus botines blancos uno contra otro, lanzaba su bastón de bambú al aire, e incluso hizo una rueda. Bailaba y bailaba, hasta que, completamente exhausto, se sintió incapaz de seguir tarareando.

Los demás golpeaban encantados con cuchillos y tenedores en sus platos, o aplaudían entusiasmados cuando les parecía que una figura había salido especialmente bien. Sven se sentía tan contento que casi se había olvidado de la razón por la que había vuelto a este mundo loco de los cuadros.

—Aún lo sé hacer —jadeaba el Negro Cornflake, dejándose caer agotado encima del banco—. No estoy tan viejo, ni tan oxidado, ni tan inútil como yo había creído. Todos habéis visto que todavía puedo hacerlo, y además es mucho más bonito bailar para marineros y piratas que para un estúpido anuncio publicitario de cereales.

Y todos le aseguraron que a ellos también les parecía más bonito, y que tenía que mostrarles el baile todavía muchas veces cuando se hubiera recuperado, pero que de momento descansara bajo el vaivén de los farolillos y las sonoras velas.

Ya no dio tiempo a más, porque, en ese momento, Rinoberto *el Rinoceronte* bufó desde su timón:

—¡Tierra a la vista! ¡Nos aproximamos a una parada!

El nuevo chiringuito

TODOS saltaron y corrieron a la borda para averiguar qué tierra había avistado Rinoberto. Únicamente la gata de camuflaje se quedó adormilada sobre su rollo de cuerda.

Entre las infinitas aguas se iban marcando los contornos de una isla montañosa. Debía de ser el otro lado del horizonte, porque el cielo ya no tenía el color rojizo de una puesta de sol, sino que brillaba con otros tonos más claros, que poco a poco se iban mezclando con el verde. Después de un rato, hasta se podía ver una línea en la que parecían encontrarse un océano teñido de rojo con otro de verde brillante.

«Conque éste es el aspecto que tiene un horizonte —pensó Sven—. Se parece al ecuador, sólo que el ecuador es algo imaginario, mientras que el horizonte separa los mares.»

Con las velas henchidas, se acercaban rápidamente a la isla. Por encima de los picos más altos de aquel trozo de tierra había montones de grandes nubes que reflejaban luz verdosa por un lado y luz rojiza por otro. Un enorme oleaje rompía contra el acantilado, se pulverizaba en un arco iris y volvía a caer al mar en una nube de agua.

Mientras el *Ballena Voladora* bordeaba la costa en busca de un lugar adecuado para atracar, sus pasajeros pudieron fijarse en más detalles.

Más allá de los acantilados se alzaban palmeras y tamariscos, y por detrás, hasta subir a las montañas del centro de la isla, se extendía una vegetación exuberante. Las montañas, llenas de grietas y muy empinadas, se estiraban hacia las nubes, como los dientes de un animal feroz. Incontables cuevas, agujeros y precipicios cubiertos por sombras les conferían el aspecto de rascacielos de una ciudad petrificada. La isla podría ser de origen volcánico, porque estaba sembrada de fumarolas ocultas que expulsaban vapores amarillentos de azufre.

A lo largo de su recorrido por la costa, el cielo se había vuelto cada vez más claro y verdoso. Y cuando el *Ballena Voladora* por fin rodeó la última lengua de tierra, donde encontraron una bahía con una playa de arena fina, descubrieron a qué se debía el cambio de iluminación: un sol, que hasta entonces había estado oculto tras los acantilados, los cegaba con sus rayos verdes.

—Es del todo improbable, pero se parece mucho al Sol de los soles —murmuró el Negro Cornflake—. Y posiblemente sea aún menos probable que aquel otro sol que está al otro lado del horizonte sea el Sol de medianoche.

—¡En la playa hay una casa! —gritó el Pirata Solitario. Ahora que se había despojado del inútil parche del ojo, su capacidad visual parecía haber aumentado notablemente.

—Ésa tiene que ser nuestra meta —bufó Rinoberto—. Nos dirigimos directamente al punto que marca el mapa; no cabe duda.

Aquí, protegido por la lengua de tierra, el mar apenas se movía y el viento no se notaba. Así que se acercaron lentamente a un atracadero de madera.

—¡Arriad las velas! —ordenó Rinoberto. Al parecer ya se había acostumbrado a llevar el barco escuela y no echaba de menos su autobús escolar.

Mientras los marineros y el grumete bajaban las velas y amarraban el barco, Sven pudo fijarse con detenimiento en la casa que había en la playa.

—¡Es fantástico! Vuelve a aparecer Villa Diminuta! —dijo en voz baja.

Y así era, sólo que, en esta versión, Villa Diminuta carecía de sótano, pues se alzaba sobre cuatro pilares de madera pintados de blanco, seguramente para protegerla de la subida de la marea y de los bichos. Tampoco las contraventanas eran marrones, como en Múnich, sino que tenían aquel color azul oscuro que ahuyentaba las moscas. A orillas de semejante jungla, debía de haber muchas moscas.

Los demás estaban desembarcando mientras parloteaban. Justo cuando Sven se proponía seguirlos, escuchó un maullido bajito a sus espaldas. Minx se había convertido otra vez en una gata blanca de ojos color turquesa, y lo miraba pensativa.

—Deberías llevarte tu maletín antes de abandonar este barco —dijo.

—¿Es que ya no vamos a volver? —preguntó asustado.

—Algunos volverán, tal como lo manda el nuevo orden de las cosas. Otros se quedarán atrás, porque para ellos habrá otro orden. Nosotros dos, ni volveremos ni nos quedaremos atrás. Nosotros debemos dar un orden a las cosas para que los demás puedan seguirlo. ¿Lo habías olvidado?

—Casi —reconoció Sven con cargo de conciencia.

Hubiera preferido olvidar que no estaba allí pasando unas vacaciones eternas, un verano interminable lleno de aventuras. Hubiera preferido olvidar lo que aún le quedaba por hacer: cambiar a Sofía, la cebra nocturna, por Conrado, y deshacerse del terrible pañuelo con el nudo. Pero olvidar todo esto seguro que hubiera sido más difícil que perder el cristal mágico. Por eso cogió su maletín, se puso a Minx en el hombro y bajó a la pasarela.

Las olas bañaban la blanca y brillante arena, repleta de conchas y caracolas multicolores. Villa Diminuta estaba rodeada de palmeras, y detrás comenzaba la jungla, con sus conciertos de ranas, insectos y loros. Minx saltó del hombro de Sven e inmediatamente empezó a adaptarse al suelo.

—Éste es el lugar ideal para refugio de piratas —dijo el Pirata Solitario, que había estado esperando a Sven en la playa—. Sólo nos falta una ley de hallazgos. Pero, por suerte, podemos hacerla nosotros mismos.

—¡Aquí, a lo mejor hasta hay tesoros enterrados! —exclamó Sven—. Esta isla tiene todo el aspecto de una isla del tesoro.

—Mejor no —cortó el Pirata Solitario convertido en grumete—. Yo ya tuve bastante con el tesoro de la cadena que desenterramos aquella vez.

—¿Sabes qué? Ahora que eres grumete, no tengo ni idea de cómo te llamas —preguntó Sven, que hasta ese momento no se había dado cuenta del detalle.

—Me llamo Alex, naturalmente. Todos los grumetes se llaman Alex.

—Pues yo conozco a un Alex, pero ése no es grumete.

Entre tanto, los demás habían estado muy trabajadores: habían abierto las contraventanas de la nueva Villa Diminuta de par en par, para que entrara el fresco de la brisa marina. Smutje y el Negro Cornflake habían puesto las mesas y sillas del jardín en la terraza delantera; y Rinoberto *el Rinoceronte,* como ahora era el capitán, había vuelto al *Ballena Voladora* para comprobar que todo estaba en orden.

A Sven le entró la risa al ver a Rinoberto de regreso, pues se dio cuenta de que finalmente había cambiado su visera por una gorra de capitán, aunque actuaba como si nada hubiera pasado.

Luego, Sven subió a la terraza y se quedó escuchando la conversación de los otros.

—Si yo estuviera en tu lugar —le estaba diciendo Heinz Pastor al Negro Cornflake—, abriría aquí un chiringuito para los piratas de verdad.

—Si yo fuera tú —prosiguió Max Ruido—, pondría aquí mismo un restaurante especializado en cereales tostados, sopa de pescado y platos de sardinas blancas, para que todos los piratas del mundo pudieran repostar aquí. Esto sería una mina de oro.

—Y si yo fuera tú —añadió Hans Arenque—, además pensaría en alguna que otra atracción, como el baile de claqué que nos enseñaste en el barco. Si tuvieras algo así como un zoo y pudieras organizar de vez en cuando fiestas sorpresa de disfraces, con farolillos, guerras de bolas de pan y *gymkhanas,* hasta los nietos de los piratas hablarían de ello. Tal vez puedas adiestrar la cebra que hay detrás, en el jardín.

—Ya he intentado hacerme amigo de esa cebra, pero es muy medrosa —explicó el Negro Cornflake—. La cuestión es que esta casa es bonita, segura, y hasta tiene su propia conexión telefónica. Seguramente por los alrededores encontraría bastantes cocoteros para poder hacerme aceite de coco. Lo único que no tengo claro es qué ocurriría con este chiringuito si salgo en busca de cocos.

Sven se echó a reír y le dijo:

—No tengas miedo. Ésta no es una «probable cabaña», sino Villa Diminuta, y no se modificará porque es una casa olvidada. Una casa olvidada no puede desaparecer, porque ya está desaparecida. Y tampoco puede cambiar. Aquí estarás bastante seguro.

—La verdad es que me gustaría retirarme aquí —declaró el Negro Cornflake—. El clima es cálido y no parece que llueva mucho. Ojalá no me sienta demasiado solo mientras espero a los barcos de piratas y pruebo mis nuevas recetas. Hasta un *cornflake* se acostumbra a tener compañía y a cuidar de alguien. A lo mejor esa cebra medrosa del jardín me permite cuidar un poco de ella.

Sven abrió su maletín y sacó algo.

—¿No preferirías tener a Sofía? En realidad no es un peluche, sino una cebra nocturna. Tú mismo dijiste que las cebras sirven para cambiar de profesión y para entretener a las visitas. A Sofía hay que darle de comer por la noche, y tienes que ser muy cariñoso con ella, porque todavía no es muy independiente.

—Una cebra tan dócil podría serme de gran utilidad. Con ella iniciaría un zoo nocturno, y, si por estos parajes hubiera gacelas, ya tendría dos especies para mi atracción. ¿Estás seguro de que puedes prescindir de Sofía?

Sven estaba seguro. El Negro Cornflake cogió a Sofía emocionado, y, de contento, hizo un pequeño paso de claqué. Justo entonces sonó el teléfono en el interior de Villa Diminuta. El Negro Cornflake se apresuró a cogerlo, y como casi tropieza con la gata de camuflaje, ésta tuvo que echarse a un lado.

Entre tanto se había sumado a ellos el grumete Alex, quien, empujando tímidamente a Sven, informó:

—Rinoberto dice que volvamos al barco antes de que llegue la noche. Tenemos que regresar al otro lado del horizonte a recoger provisiones para el *Ballena Voladora* y para el chiringuito. El capitán quiere pasar el arrecife antes de que termine de caer el sol rojo. ¿Te vas a venir con nosotros?

Sven movió la cabeza lentamente, negando. Ahora que tenía que despedirse de verdad, estaba muy triste. Se había sentido tan contento y todo parecía haberse arreglado tan bien... Pero sabía que su trabajo aún no había concluido.

Entonces cayó en la cuenta de algo.

—No tenéis que daros prisa —dijo aliviado—. Además del Sol de medianoche, está el Sol de los soles, por eso no se hace nunca de noche.

—En ese caso, mira hacia las montañas —bufó Rinoberto—. A cualquier lado del horizonte, los capitanes somos capaces de juzgar cuándo llega la noche y cuándo no.

Rinoberto tenía toda la razón. Entre los puntiagudos picos de las montañas que se alzaban hasta las nubes aleteaba un trozo de noche, profundamente negro. Parecía desplazarse de un lado para otro, pero siempre acercándose. Por el momento, sólo una pequeña parte de la jungla era negra como el tizón, y la mayor parte de la isla seguía brillando bajo un cielo verde suave. Pero, sin duda alguna, a aquel primer trozo de noche pronto lo seguirían otros, hasta hacerse noche completa.

El grumete Alex dio un largo abrazo a Sven.

—¿Te he dicho alguna vez que siempre he querido ser como tú? —cuchicheó por ultimísima vez—. Tan valiente y tan fuerte. ¿Sabías que siempre he deseado que alguna vez tú quisieras ser como yo? Pero ahora sólo soy un grumete cualquiera, y seguro que tú no quieres ser un grumete.

—También un grumete aprende un buen día a nadar y deja de tener miedo, y con el tiempo se convierte en capitán —dijo Sven—. Yo preferiría ser grumete, si no fuera porque aún debo arreglar algo. Ahora soy yo el que tiene miedo.

—Lo sé —dijo Alex en voz baja—. Sé muy bien por qué tienes miedo; al fin y al cabo, he sido tu disfraz durante mucho tiempo.

—Si yo fuera tú —les interrumpió Heinz Pastor cariñosamente—, me cuidaría mucho.

—Y si yo fuera tú —dijo Max Ruido—, tendría muchísimo cuidado con las culebras y las arañas que hay en esta jungla.

—Si yo estuviera en tu lugar —añadió Hans Arenque—, no me perdería bajo ningún concepto la próxima fiesta de disfraces. Traeremos un par de historias sobre las aventuras de nuestro viaje que resultarán tan emocionantes que desearás haberte venido con nosotros.

—Yo te haré polvorones frescos —dijo Smutje—. Ya sé que no te gustan las sardinas, pero hay arena suficiente en la bahía de los piratas.

—Hasta la vista —dijo por último Rinoberto *el Rinoceronte*, estrujando la mano a Sven con su enorme pezuña—. Algún día habrá aquí un interruptor para llamar al barco escuela, y aunque lo utilices, nunca más volverá a ser una utilización ilícita. Saluda a tu loco bicho gatuno cuando no parezca una pared.

Diciendo estas palabras, se dio media vuelta y se dirigió a la pasarela, donde se mecía el *Ballena Voladora.* Los marineros, Smutje y el grumete Alex lo siguieron con las cabezas gachas.

—¿Volveré a ver a mis amigos, y especialmente a Alex, algún día? —preguntó Sven.

—Puedes estar triste, pero no demasiado —ronroneó Minx dejando ver su silueta color turquesa en la arena—. Te has despedido de unos amigos, pero debes tener en cuenta que pertenecen al mundo de los cuadros. Cuando te hayas despedido de los cuadros de tus amigos, de una u otra forma volverás a encontrarte con ellos más allá de todos los cuadros.

Desde la pasarela se oía a Rinoberto dando órdenes de izar las velas, soltar amarras y levar el ancla. Poco a poco, el *Ballena Voladora* se fue poniendo en marcha.

—¡Alto, esperad un momento! —gritó el Negro Cornflake.

Excitado, salió corriendo por las escaleras de la terraza, pasó a la velocidad del rayo junto a Sven y a Minx, y agitó su sombrero frente al *Ballena Voladora.* Pero fue inútil. El barco ya había zarpado en dirección a un destino desconocido, más allá del horizonte. Dejó de agitar su sombrero, se encogió de hombros y se dirigió a Sven.

—¿Sabes tú cómo se desata un nudo fuerte?

—Yo no soy precisamente bueno haciendo nudos —confesó Sven algo tímido.

—¡Vaya! —lamentó él—. Había alguien al teléfono que tenía que deshacer un nudo a toda costa, y yo pensé que los marineros sabrían cómo se desata un nudo. Qué pena que ya se hayan marchado todos.

—Yo también voy a tener que irme —dijo Sven.

—Posiblemente tengas que hacerlo. No te enfades conmigo si no te acompaño. Pero aquí necesitan a un viejo negro como yo, y además no creo que pueda serte de ayuda.

—Adiós —se despidió con tristeza Sven—. Y recuerda que las personas no tienen engranajes que puedan oxidarse.

—Es muy probable que tengas razón. Cuidaré muy bien de tu cebra nocturna, y mañana mismo empezaré a construir allí atrás, en el haya, una cabaña secreta, con tejado y con una escalera segura, de la que tu padre no tendrá ni idea. Así podrás utilizarla cuando vengas a visitarnos.

Después, el Negro Cornflake se dio la vuelta, saludó levantando un poco el sombrero, y desapareció en el interior de Villa Diminuta. Sven y Minx, convertida de nuevo en una gata blanca común, se quedaron solos en la playa. Pasado un rato, Sven preguntó:

—¿Y ahora qué?

—Ahora vamos a ver qué hay de esa otra cebra de la que hablaba el Negro Cornflake. Luego, buscaremos un trozo de noche antes de que él nos encuentre a nosotros. Ahora emprenderemos la última batalla. Y, aunque para ello me necesites a mí, también vas a tener que ser valiente.

—Tengo miedo —reconoció Sven—. ¿Puedes al menos decirme si podremos ganar esta batalla? ¡Tú sabes tantas cosas, y yo tan pocas!

—Al contrario —ronroneó Minx—. Claro que hay cosas que todavía no sabes. La mayoría de ellas no tienen ninguna relevancia. Pero es importante que hoy aprendas algo: hay muchas cosas que los gatos de camuflaje y los adultos desconocen. Los adultos se han olvidado de que esas cosas existen, y por ello han desaparecido para siempre. Y los gatos de camuflaje acaban convirtiéndose en gatos blancos que no han de hablar. Ahora debemos irnos.

Y, levantando el rabo, se dirigió a la parte trasera del chiringuito, por cuya ventana abierta salía la luz de farolillos de colores y una música suave —a lo mejor el Negro Cornflake había encontrado un gramófono y lo había puesto en marcha—, mientras los insectos revoloteaban en la terraza y el trocito de noche se iba acercando desde las montañas.

«Ojalá las contraventanas azules ahuyenten de verdad a las moscas —pensó Sven—. No sé por qué me preocupo, al fin y al cabo, yo no soy el Negro Cornflake más viejo del lugar. Él ya sabrá lo que tiene que hacer. Estoy seguro de que sabrá cuidarse.»

Direcciones prohibidas

EN la parte trasera del nuevo chiringuito estaba el jardín de Villa Diminuta, tal como Sven lo recordaba y sin ningún rastro de cosas olvidadas. El arriate de los rosales estaba escardado y el césped tenía un aspecto limpio y cuidado. Sólo la gran haya parecía no armonizar entre los árboles tropicales de la jungla, que empezaba justo detrás de la tapia.

En medio del césped, la cebra de ojos cálidos y cristalinos empezaba a olfatear nerviosa mientras los miraba. Su aspecto era saludable, incluso había engordado. La hierba del jardín debía de sentarle bien.

«Tiene que ser Conrado —pensó Sven—. Mientras no se haga de noche, permanecerá como cebra diurna. Y resultará difícil atraparla, aunque en realidad sólo sea una cebra de peluche transformada.»

La cebra parecía estar de acuerdo con Sven en este punto. Porque cuando los vio, a él y a su gato de camuflaje, dio un par de pasos sigilosos hacia atrás, resopló, se espantó, se giró y salió al galope hasta el punto más lejano del jardín. Desde allí los observaba desconfiada.

—No vamos a poder atrapar a Conrado —dijo Sven—. Ahora que es una cebra diurna, se nos escapará. Las cebras diurnas son muy independientes. ¿Lo sabías?

—Entonces, tendremos que encargarnos de que Conrado deje de ser una cebra diurna independiente —ronroneó Minx.

—No sé cómo vamos a conseguirlo —cuchicheó Sven intentando acercarse con cuidado—. Debido a los dos soles, aquí siempre es de día, y mientras sea de día, seguirá siendo una cebra diurna.

Como si quisiera demostrarle cuánta razón tenía con sus preocupaciones, la cebra giró de nuevo la cabeza hacia atrás y galopó siguiendo la tapia, para mantener la distancia más grande posible entre ellos.

—Nunca la cogeremos —aseguró Sven—. Lo mejor será que la dejemos aquí, en el jardín. Quién sabe, tal vez con el tiempo el Negro Cornflake y ella se hagan amigos.

—Nosotros no hemos venido aquí para eso —le recordó Minx con voz tierna—. Estamos aquí para que devuelvas todo lo que te dieron, y para que recuperes todo aquello de lo que tú te desprendiste.

—¡Pero Conrado es demasiado rápido para nosotros!

—Tal vez podamos utilizar el trocito de noche de las montañas que vio Rinoberto.

—¿Quieres decir que podríamos hacer que Conrado

vaya hasta la noche para que vuelva a convertirse en un peluche?

—Al contrario. Quiero decir que deberíamos hacerle el favor de seguirla hasta la noche.

Sven señaló:

—Si abrimos la puerta del jardín, se irá corriendo y no dejará que nosotros la dirijamos hacia un lugar concreto.

—Eso depende. Cuando algo huye de ti mientras tú crees estar cazándolo, es muy posible que en realidad esté atrayéndote hacia sí porque es él quien te está cazando a ti. Dejar que a uno lo ahuyenten y salir corriendo es un truco muy astuto y eficaz. Ahora tienes que decidir si estás dispuesto a aceptarlo.

—Probémoslo —dijo Sven decidido. Se acercó a la tapia y abrió la puerta. Las bisagras chirriaron lastimeramente. Se retiró con cuidado al centro del jardín para dejarle libre el camino a Conrado.

La cebra diurna los había estado observando atentamente. Enseguida se puso en marcha. Cuando llegó a la puerta abierta, se volvió por última vez, tensó los músculos y se preparó para dar un enorme salto a la sombría espesura de la jungla. Luego saltó. El Sol de los soles parecía reflejarla como si se hubiera quedado congelada por unos instantes a mitad del salto. Sven recordó el cuadro de la jungla que había visto en la habitación de color turquesa, donde también descubrió una cebra petrificada en un salto como éste. ¿Cuánto tiempo hacía de eso? Luego, Conrado desapareció entre la maleza.

Sven cogió a Minx en brazos y se dirigió lentamente a la puerta del jardín.

«¡Qué raro! —pensó de repente—. Va a ser la primera vez que no trepe por nuestra tapia. Y eso que siempre he dicho que esto era antideportivo. Probablemente me esté haciendo mayor.»

Puesto que era la primera vez que utilizaba la puerta del jardín, no sabía si el letrero que había en la parte interior había estado allí siempre.

«Advertencia —ponía en el letrero de madera—: Todos los caminos que parten de esta puerta conducen a direcciones prohibidas». Y, en letras más pequeñas: «Has tenido mala suerte».

Pero de poco les servía ya, porque habían traspasado la puerta y se adentraban en las sombras de la jungla.

—No te inquietes —le ronroneó Minx al oído—. Todas las direcciones que has tomado en tus cuadros son direcciones prohibidas para los adultos. También las direcciones prohibidas conducen a metas. Y hasta ahora ha sido mejor incumplir una prohibición que perder una meta. Demasiadas prohibiciones impiden que puedas elegir por ti mismo las direcciones.

—Pero el Negro Cornflake me advirtió que no siguiera las direcciones prohibidas bajo ningún concepto —dijo Sven indeciso.

Minx saltó de su hombro y le advirtió:

—El Negro Cornflake es viejo y tú eres joven. Cuando seas tan viejo como él, posiblemente también habrá direcciones prohibidas para ti.

Luego, la jungla se tragó a Minx. Sven la siguió decidido. Inmediatamente se vio inmerso en plena espesura, en un ambiente cálido y húmedo, con sus miles de olores y sus miles de sonidos. Los rayos de sol apenas pasaban entre las ramas de los árboles, las plantas y las lianas salvajes. El suelo estaba repleto de setas y de helechos, y en medio de todo, algunas hojas sueltas se dejaban mecer por un viento apenas existente. Un juego de luces y sombras difuminaba las formas. A Sven le costaba trabajo seguir a la gata de camuflaje, aunque tenía el aspecto de un gato blanco común con los ojos de color turquesa.

A su paso iban encontrando señales de la huida de Conrado: ramas partidas o huellas en el suelo embarrado, en las que poco a poco se infiltraba el agua. Y siempre que pensaban que lo habían perdido, Conrado aparecía de repente: un pequeño movimiento de sus rayas blancas y negras entre los árboles, un resoplido nervioso junto a los troncos, o el brillo de sus ojos negros aterciopelados tras arbustos y plantas exóticas.

Minx tenía razón: Conrado, la cebra diurna, estaba siendo perseguido por ellos, pero al mismo tiempo los esperaba para que no lo perdieran. De esta forma, los arrastraba cada vez más a las direcciones prohibidas y al interior de la isla. Poco a poco, las cigarras se fueron incorporando al concierto de insectos, y del suelo, que ahora empezaba a empinarse, asomaron las primeras rocas y restos de lava seca y resquebrajada. Pero la maraña de hojas que los envolvía seguía igual de espesa e intransitable, de modo que no había forma de averiguar cuánto se habían acercado a las montañas. El camino se iba haciendo pesado.

Finalmente, la jungla empezó a aclararse, y de pronto se encontraron con Conrado, la cebra diurna, muy cerca, frente a ellos. Estaba al borde de un claro, le temblaba todo el cuerpo, bufaba de miedo y se le había hundido una pezuña en el fango. Y entonces Sven descubrió de qué parecía tener miedo: sobrevolando el borde más apartado del claro parpadeaba y aleteaba una cosa negra como el tizón, una especie de agujero en el cielo verde suave de la jungla, y detrás, un trocito de noche lo seguía como si fuera su sombra.

—¡El ojonocturno! —susurró Sven asustado—. Por fin lo hemos encontrado.

—Al contrario —ronroneó Minx—. Si observas detenidamente, te darás cuenta de que él nos ha encontrado a nosotros.

En efecto, el ojonocturno se les acercaba bailando, y su sombra negra se deslizaba sobre los pegotes de lava y los montones de hojas, acercándose y alejándose ligeramente. De pronto, el trocito de noche envolvió a Conrado. Escucharon un resoplido, y la sombra se alejó en otra dirección.

La cebra diurna había desaparecido. En su lugar había un animal de peluche, para el que Sven ya era demasiado mayor, pero al que tenía que recuperar a toda costa. Sven brincó hasta el lugar donde hacía un instante había sido de noche, cogió a Conrado y lo metió rápida-

mente en su maletín, antes de que la luz del Sol de los soles volviera a convertirlo en una cebra diurna.

—Bueno, esto ya está —dijo suspirando—. Si pudiéramos atrapar a ese ojonocturno y devolverlo a su sitio, habríamos acabado nuestro trabajo.

—Deja ya de engañarte a ti mismo —le reprochó Minx—. Deberías tener suficiente experiencia con el atrapar y soltar, con el cazar y ser cazado, y con las direcciones prohibidas y las correctas.

Consciente de su culpa, Sven bajó la cabeza. En realidad había sabido durante todo ese tiempo que de nada les serviría atrapar al ojonocturno. No los necesitaba, ni a él ni a la gata de camuflaje, para volver al sitio al que pertenecía, ni tampoco para hacer lo que un ojonocturno despierto debía hacer. Sven deseaba, más que nada en el mundo, que el ojonocturno lo ayudara a resolver el enigma de la ciudad silenciosa. Pero Minx tenía razón: no funcionaría. Rendido, siguió al ojonocturno hasta el final de la jungla. Ante ellos se extendía ahora un altiplano lleno de ríos de lava petrificados. Detrás se levantaban largos y oscuros sillares de roca, como piezas de construcción entre cuyas hendiduras yacían sombras aún más profundas. En medio se alzaban hacia el cielo dos montañas humeantes a las que les faltaban los picos, como si se hubieran hundido hacia adentro. Tenían que ser los volcanes de los que le advirtió el Negro Cornflake.

El ojonocturno sobrevolaba con su trocito de noche el cráter del Volcán Mediano, de un lado para otro. Sven vio cómo golpeaba un pegote de lava con una de sus alas. Resultaba increíble, pero, con sólo tocarlo, puso en movimiento la pesada piedra: primero se tambaleó un momento y luego cayó al interior del Volcán Mediano dando golpes secos. Como si con ello hubiera finalizado su trabajo, el ojonocturno se fue volando hasta el Volcán Pequeño y, tras un último aleteo, desapareció por el cráter. Había vuelto al lugar adonde pertenecía, allí donde los demás esperaban a que se hiciera de noche o a que un ojonocturno despierto los liberase de su sueño.

—¿Y ahora qué? —preguntó a Minx—. Ahora sí que hemos hecho todo lo que podíamos hacer.

—Si has hecho todo lo que podías hacer, entonces sólo te queda esperar aquello contra lo que tú no puedes hacer nada.

Sven no tuvo que esperar mucho. Al principio sólo se temía que el suelo empezara a temblar bajo sus pies, pero después no le cabía ninguna duda: la tierra estaba vibrando. Simultáneamente se oía un fuerte temblor del Volcán Mediano, cuyo cráter soltaba fumarolas cada vez más grandes y negras.

«El Volcán Mediano va a estallar —se le pasó por la cabeza—. Y si el Volcán Mediano estalla, es muy probable que también estalle el Volcán Pequeño. Y entonces se despertarán los ojosnocturnos y huirán en desbandada. El ojonocturno ha provocado la erupción para despertar a sus hermanos.»

—No quiero esperar —cuchicheó en tono quejumbroso—. No soy tan valiente como para hacer frente a toda una bandada de ojosnocturnos. El grumete Alex piensa que soy valiente, pero tengo miedo.

—Mientras tengas miedo, serás lo suficientemente valiente —dijo Minx—. Sería demasiado fácil ser valiente sin pasar miedo. Pero ser valiente no pertenece a las cosas fáciles.

Una fuerte explosión a sus espaldas los interrumpió en seco. Sven se dio la vuelta y vio que donde hacía un momento empezaba la jungla, se había abierto una enorme grieta, como si alguien hubiera dado un hachazo en el suelo. Y de esa herida emergía lenta pero inexorablemente un magma viscoso y tenaz. Él había visto fotos sobre erupciones volcánicas, pero se sorprendió de lo oscura que era en realidad la lava. Los vapores sulfúricos le escocían en los ojos.

—Creo que ya hemos esperado bastante a eso contra lo que nosotros nada podemos hacer —dijo Minx—. Ha llegado el momento de salir corriendo.

Y echó a correr con el rabo erguido, sin entretenerse en mirar si Sven lo seguía o no. Corría al galope, en dirección a una garganta envuelta en vapores de azufre, situada entre el Volcán Mediano y el Volcán Pequeño.

Sven se pasó la mano por los ojos para secárselos, y luego también salió corriendo para alejarse de la hambrienta y oscura lava que se relamía a sus espaldas, entre los estrafalarios sillares de piedra cuyas hendiduras parecían mirarlo con la vista perdida e indiferente desde arriba. El temblor se hizo más intenso y el calor menos soportable. El aire se hacía irrespirable. A cada explosión se disparaban densas ráfagas de vapores marrones y amarillos, tanto del Volcán Mediano como de vez en cuando del Volcán Pequeño, oscureciendo el cielo verde suave.

Los temblores y estrépitos amenazadores del suelo no cesaban, y Sven tenía dificultades para ver y para respirar. Jadeante, corría detrás de Minx, en dirección a las profundidades de las gargantas entre las montañas, intentando esquivar las piedras incandescentes que rodaban ladera abajo echando humo.

«Menos mal que los volcanes están lejos del chiringuito —pensó mientras sorteaba una grieta del suelo—. A Sofía y al Negro Cornflake no les ocurrirá nada, y los marineros y Alex están a salvo en el *Ballena Voladora,* al otro lado del horizonte.»

Justo en ese momento se abrió a sus espaldas, con un ruido ensordecedor, una brecha por la que empezó a fluir una densa corriente de lava anaranjada. Y en ese mismo instante se oyó otro ruido. No era demasiado claro, pero infundía más miedo que los temblores y las explosiones del suelo. Era un ruido de alas. De millones y millones de mariposas aleteando al mismo tiempo.

Hasta ese instante, Sven hubiera creído completamente imposible que el aleteo de una mariposa pudiera llegar a oírse. Y nunca en toda su vida hubiera imaginado que pudiera haber tantas alas de mariposa en todo el universo. Sin embargo, las había. Aleteando y revoloteando. ¡Los ojosnocturnos salían en bandada!

Se elevaban desde el cráter del Volcán Pequeño, como el humo de una chimenea, siguiendo una extraña danza pero extendiéndose por todos los lados. A su paso se iban tragando todo signo de luz del hasta entonces cielo verde suave.

Sven no sabía si el motivo por el cual no podía ver era aquella intensa nube negra o que, del azufre, le lloraban los ojos. Tampoco sabía por dónde iba. Ni siquiera sabía si aún estaba siguiendo a Minx. Corría. Sentía punzadas en los pulmones y seguía corriendo, huyendo de aquel horrible agujero negro que se extendía, a una velocidad de vértigo, en todas las direcciones, aniquilando cualquier rastro de luz. Ya no podía distinguir el suelo bajo sus pies, y se extrañaba de que aún no se hubiera caído.

Todos sus saltos para esquivar los ríos de lava y los cascotes incandescentes fueron inútiles en su huida. La nube de ojosnocturnos le iba alcanzando al ritmo de su peculiar danza, contrayéndose y provocando con ello un ruido de fondo, como un zumbido, mordisqueando y devorando hasta el último rayo de luz, con un hambre insaciado por el largo sueño. La mancha negra lo había alcanzado. Y el Sol de los soles se apagó con la facilidad con que se apaga una bombilla.

Sven se detuvo en seco. De pronto ya no pudo distinguir absolutamente nada. Los temblores de tierra disminuyeron, de forma que podía oír con toda claridad las rápidas palpitaciones de su corazón, su respiración jadeante y el zumbido de las alas de los ojosnocturnos. Miró hacia arriba y contuvo la respiración.

Todo era como hacía tiempo le había contado el Negro Cornflake. No sólo se había oscurecido el día, permanente en este mundo, sino que se había convertido en noche. En un tipo de noche que nada tenía que ver con las noches que Sven conocía; nada que ver con la oscuridad alumbrada por las estrellas del firmamento.

En el cielo de los ojosnocturnos también había estrellas, billones y billones, sólo que eran malignas, de acero, heladoras y diminutas, con el aspecto de cabezas de alfileres clavadas en el negro absoluto y moviéndose de una forma inquietante, como nunca se les hubiera permitido moverse a las estrellas. A Sven le seguían llorando los ojos, con lo que no podía seguir aquel movimiento con la mirada. Pero podía sentirlo. Tuvo la impresión de que las cabezas de alfileres se habían parado y era el suelo el que de repente se movía, cada vez más rápido, hacia una oscuridad abismal.

Se mareó. Palpó con la mano en busca de algo a lo que agarrarse, debido a la velocidad tan vertiginosa con la que se desplazaba el suelo. Pero sus dedos no encontraron nada. Simultáneamente empezaron a relucir una especie de relámpagos que tan pronto eran rojos como amarillos o violetas. Quedó cegado por ellos de tal forma que durante unos segundos sólo veía esos colores brillando ante sus ojos. Las cabezas de alfileres se tornaron negras y permanecieron inmóviles frente a una superficie de un color blanco pálido, ante la que la isla parecía girar con Sven. ¿Seguía siendo ésta la isla cubierta de vegetación en la que habían estado huyendo de los ojosnocturnos?

Aquella vez, en el mirador de la cabaña del árbol, el

Negro Cornflake le había advertido que la oscuridad de los ojosnocturnos hacía ver las cosas con otra luz. Pero era peor que eso, porque eran las propias cosas las que empezaban a cambiar. Sven luchaba contra el malestar, mientras el mundo se transformaba cada vez que se iluminaban aquellos relámpagos y aparecía ante sus ojos una nueva imagen deslumbrante.

Los acantilados y los cráteres de las montañas tomaron un aspecto liso y uniforme.

Las cuevas y las hendiduras en las laderas de la montaña se parecían cada vez más a ventanas ciegas. Las torres de lava formaban arcos de piedra. Y el suelo, que hasta entonces había flotado bajo sus pies, y que había estado lleno de grietas y piedras, mostraba de repente una apariencia lisa y escalonada que descendía hacia la oscuridad, perdiéndose en ella.

—¿Minx? —susurró Sven horrorizado, secándose las lágrimas—. Minx, ¿estás ahí?

—Mientras puedas necesitarme, estaré contigo —ronroneó la suave voz desde la oscuridad—. No puedes verme, pero debes saber que estoy a tu lado.

Poco a poco se le fue pasando la sensación de que no era el cielo el que se movía sino el suelo. Y con ella se le pasó el malestar. Pestañeaba defendiéndose del humo y de sus propias lágrimas. Luego empezó a bajar con cuidado. El olor a azufre y los vapores de la erupción fueron desapareciendo a medida que descendía hacia el abismo, e incluso el temblor de tierra se vio superado por el zumbido de las alas de los ojosnocturnos.

Sven volvió la cabeza hacia atrás y echó una última mirada al cielo repleto de estrellas como el acero. Se estremeció al comprender de pronto por qué las estrellas cambiaban de lugar: la bandada de ojosnocturnos se había creado su propia noche, y lo que él había creído que eran estrellas no eran otra cosa que los ojos de aquellas sombras, que lo miraban fijamente desde arriba, mientras seguían su camino.

Lo único que no se desplazaba eran los relámpagos de colores. Pero a la vez parecían estar más cerca, menos luminosos y menos altos de lo que él había supuesto en un principio. Ahora que ya podía ver más claro se daba cuenta de que bajo sus pies se sucedían una serie de escalones, de que estaba bajando una enorme escalera.

Mientras con pasos extrañamente silenciosos se acercaba al final de la escalera, donde la cárdena iluminación se hacía algo más clara, intentaba convencerse de que no terminaría llegando al lugar que se temía. Pero en realidad sabía que la bandada de ojosnocturnos, que ahora seguía un rumbo desconocido, había convertido la zona montañosa del interior de la isla en algo terrible.

El nuevo trabajo del señor Nelson

CON un paso tímido, Sven bajó el último peldaño y, pasando por un arco de piedra, entró a una plaza estrecha. Ahora no había duda: había regresado a la ciudad silenciosa. El aumento de la claridad se debía a las flechas amarillas, rojas y violetas, que en su primera visita se encendían y apagaban sin ningún sentido. A su alrededor se amontonaban las amenazadoras fachadas de mármol, las oscuras gargantas de edificios y todo el horrible caos de calles, escaleras laterales, arcos de piedra y semáforos de peatones.

Ahora que los ojosnocturnos casi habían pasado de largo, quedaba claro cuál era el secreto de los rayos de colores. Un lugar como la ciudad silenciosa no podía estar bajo el cielo, ni siquiera bajo el más helador, oscuro y temeroso del universo. La ciudad silenciosa no estaba cubierta por ningún cielo. Las luces intermitentes de rojos, amarillos y violetas habían sido, desde el principio, sólo el reflejo de letreros luminosos que enviaban sus incomprensibles mensajes publicitarios desde lo alto de los edificios del centro de la ciudad hasta la oscuridad y el silencio de las calles. En la primera visita de Sven se habían mantenido ocultos detrás de las nubes, asomando únicamente aquí y allá, con lo que parecían la descarga eléctrica de una tormenta lejana.

—¿Minx? Minx, ¿dónde estás?

Nadie contestó. Finalmente había cesado el zumbido de las alas de los ojosnocturnos, y los últimos ojos observadores de la bandada habían desaparecido tras el bosque de antenas de acero de los tejados. Sven estaba solo.

«Pues no, no lo estoy —pensó, testarudo—. No puedo ver a Minx y tampoco oírla, pero está conmigo. Si empezara a creer que me ha abandonado y que los padres envían de verdad aquí a sus hijos, estaría perdido. Debería pensar en cómo deshacerme del pañuelo y salir de esta ciudad antes de que alguien me descubra.»

Qué fácil era decirlo. Toda la plaza estaba rodeada de innumerables arcos de piedra de los que partían innumerables escaleras, también de piedra y todas iguales. Probó algunas de ellas, pero, después del segundo intento, ya no estaba seguro de que la plaza a la que había regresado fuera la misma de la que había partido hacía un momento.

Al escuchar unos pasos detrás de él, no se asustó sino que más bien sintió alivio, como si todo el tiempo hubiera estado esperando esos pasos: dos; como pálpitos; quizá metálicos; que se acercaban, se paraban, esperaban, acechaban y volvían a palpitar; siempre sólo dos veces. Sven no salió corriendo. De pronto supo que esta vez no quería escapar y comprendió que, después de todo miedo, se llega a un punto en que uno deja de huir.

Se giró lentamente y descubrió una figura cuya delgada silueta se perfilaba entre la sombra de un portal.

«Psss», lo llamó la figura con la mano, y movió la cabeza, por lo que Sven pudo distinguir una barba y una gorra de policía. Decidido, se dirigió hacia la figura, que, dando un paso a un lado, quedó bajo el foco de un semáforo. Llevaba un uniforme con botones y adornos relucientes, como el de un guardia de seguridad. A Sven no le resultaba desconocido aquel atuendo.

—¿Señor Nelson? —preguntó asombrado.

—Cállate, amigo mío —dijo el señor Nelson, y se ocultó de nuevo en la sombra—. La gente de las sombras no debe oírnos.

Y, con un movimiento tan rápido que a Sven ni siquiera le dio tiempo a darse cuenta de cómo había ocurrido, lo agarró por el hombro y lo arrastró hacia el portal con él.

—¿Cómo ha llegado hasta aquí? —preguntó el muchacho en voz muy baja y aliviado—. ¿Conoce usted este lugar? ¿Sabe cómo podemos regresar a casa?

—Ésas son muchas preguntas juntas —contestó en voz tan bajita que sonó algo monótona—. En cualquier caso, sé cómo puedes llegar a tu casa y yo te acompañaré para que no te pierdas.

El señor Nelson también parecía tener miedo, porque la mano con la que seguía agarrando a Sven por el hombro estaba tan fría como el acero. Refugiándose en la oscuridad de las fachadas de mármol, condujo a Sven al interior de la ciudad. Aunque los dos andaban de puntillas sobre la superficie musgosa, sólo los pasos del señor Nelson sonaban. Sven no lograba averiguar cómo se producía aquel horrible ruido, pero tampoco le parecía el momento más adecuado para preguntar por ello.

—Gracias —susurró.

—No hay de qué. Por aquí se pierden muchos niños, y hay que ayudarlos a encontrar el camino. ¿Sabes? ¡Los niños son tan inmaduros!

—Claro —admitió Sven en voz baja, y se sorprendió de que de pronto hubiera desaparecido su inicial sentimiento de alivio. Las flechas intermitentes iluminaban los oscuros portales y ventanas, y mientras el señor Nelson perseveraba en seguir su camino sin entretenerse, él continuaba escuchando sus pasos: sólo dos; luego, silencio, como si se hubieran parado; después otros dos pasos.

—¿Cree usted que así llegaremos a casa? —preguntó en voz baja, dudando cada vez más de que incluso un adulto no pudiera perderse por aquel laberinto.

—Viejos amigos como nosotros también deben guardar sus propios secretos —cuchicheó el señor Nelson—. ¿Sabías que incluso entre viejos amigos hay secretos que no se comparten?

—¡Claro! —volvió a decir Sven, aunque no tenía ni idea—. Es más, hubiera apostado porque siempre ha sido así.

La mano que lo agarraba por el hombro seguía estando fría como el acero y empezaba a hacerle daño.

—¿Está seguro de que éste es el camino correcto? —preguntó en voz baja e inseguro.

—Naturalmente —contestó el otro sin aflojar la mano—. Puedes estar tranquilo. Tus padres saben lo que es bueno para ti. Yo sé lo que es bueno para ti. Todos compartimos una gran responsabilidad.

Sven iba a asentir con la cabeza, pero la última frase le había sonado sospechosa. Ahora se encontraban ante el siniestro portal de un edificio que, bajo el foco amarillo pálido de un letrero luminoso, se perdía en la oscuridad. Sven se volvió bruscamente, intentando con todas sus fuerzas liberarse de la garra del señor Nelson.

—¡Eso es mentira! —gritó—. ¡Usted no me está llevando a mi casa!

—No seas maleducado. Te llevo a un nuevo hogar que tus padres nos han encargado. Quieren que nosotros nos ocupemos de ti. No puedes haber olvidado los problemas que les has causado con tus cabezonerías. Yo sé que no lo has olvidado. Un policía de las sombras tiene que saber algo así. Yo tengo mucha experiencia en asuntos de olvidar y desaparecer, ¿recuerdas?

Y, dando dos pasos, el señor Nelson abrió de un golpe la puerta de la entrada y empujó a Sven hacia el interior de la oscura casa.

—Hasta luego, Sven —le dijo, liberando por fin su hombro—. Tú y yo todavía tenemos una cita detrás de la cortina. Nos veremos, Sven.

Al cerrarse la puerta se oyó el mismo ruido que cuando algo cae al agua.

Nudos sueltos

—BIENVENIDO a casa, Sven —habló una voz mucho más monótona que la del señor Nelson, una voz que Sven hubiera deseado, más que cualquier otra cosa en el mundo, no tener que oír nunca más—. Nuestro nuevo policía de las sombras estaba muy preocupado —prosiguió la horrible voz desde la oscuridad—. Estábamos preocupados porque has pasado mucho tiempo fuera de casa. Pero ahora ya estás aquí y todo va a ir bien.

—¿Minx? —cuchicheó Sven—. Minx, ¿puedes oírme?

Una vaga luz fue suficiente para que pudiera distinguir una cortina en el fondo de la habitación sin ventanas en la que se encontraba. Sus pliegues se movían de forma apenas perceptible, como si el viento las hubiera empujado, y las horribles máscaras bordadas, con el grito contenido, lo miraban extrañamente desfiguradas desde las cuencas vacías de sus ojos. Delante de la cortina, en el reluciente suelo de granito negro, había un teléfono. Y al lado, plantado como un recorte, estaba el hombre de las sombras, negro como un ojonocturno. Los cristales rojos de sus gafas brillaban de forma malvada.

—Olvida a esa Minx que nadie puede ver —dijo el hombre de las sombras en tono monótono—. Ésas son sólo fantasías de niño pequeño. Cebras nocturnas, piratas, cabañas en los árboles, Negro Cornflake, todo eso son niñerías. Pero la mayor de todas es esa Minx que nadie puede ver. Aquí únicamente estamos nosotros, solos. Tú y tu cortina, el policía de las sombras detrás de la cortina, y el pañuelo con el nudo para que no nos olvidemos.

Sven permaneció de pie. Se limitaba a respirar hondamente. Sabía que, hiciera lo que hiciera, nada cambiaría. Después de un rato, el hombre de las sombras se cansaría de hablar con él. La débil luz se apagaría. Entonces estaría sólo con la cortina y el pliegue, que se acercaba invisiblemente a él, mientras el policía de las sombras lo acechaba.

—Guardas silencio de nuevo —dijo el hombre de las sombras—. Sigues siendo muy terco. Tus padres nos han contado cuántas preocupaciones les ocasionas. No tienes en consideración que ahora son ricos y están muy ocupados.

—Eso no es cierto —replicó Sven con la voz quebrada.

—Tus padres acaban de telefonearnos —prosiguió el hombre de las sombras sin inmutarse—. Quieren que nos digas por qué camino vienes a visitarnos a la ciudad silenciosa. Quieren que nosotros conozcamos ese camino para que también podamos ocuparnos de ti en tu mundo. Quieren que te hagas mayor y dejes de guardarte tus estúpidos secretos para ti solo.

Sven sabía perfectamente que todo esto no era verdad. Pero al mismo tiempo reconocía que sus padres tenían mucho trabajo y muchas cosas en las que pensar aparte de él. Luego, también se acordó de cuántas veces le habían dicho su padre y la señora Hartel que deseaban que se hiciera mayor.

—Eso está bien —dijo el hombre de las sombras con su voz monótona—. Vemos que necesitas tiempo para pensar antes de decidirte a ser sensato. Dispondrás de mucho tiempo en tu propia casa silenciosa. Te dejaremos solo y así podrás esperar a que la luz se apague y venga a visitarte el policía de las sombras. Eso te gustará. Será como en Navidad, que la espera del gran momento es lo mejor de todo.

Mientras decía las últimas palabras, las malvadas luces rojas de sus gafas se apagaron, y aunque él no podía ver nada, notaba que el hombre de las sombras había desaparecido.

Sin embargo, no se sintió aliviado por este hecho. Todo a su alrededor estaba inmerso en una profunda, fría y silenciosa oscuridad. Únicamente la cortina con las horribles máscaras y el teléfono permanecían alumbrados por un exiguo foco de luz que acabaría apagándose. Luego, un policía de las sombras se dispondría a salir de caza. Poco a poco, iba comprendiendo que la espera a un horror desconocido era peor que el horror en sí. Después de un rato empezó a dudar si sus padres no lo habían engañado con la misma facilidad con que lo había hecho el señor Nelson, el nuevo policía de las sombras. Y, finalmente, mientras seguía de pie, esperando, le vino un pensamiento: no debía confiar en sus padres ni en sus amigos.

—Tonterías —ronroneó en ese momento una suave voz desde la oscuridad—. Tus padres y tus amigos no te han engañado. Sólo que ahora te parece que no están de tu parte, porque debes afrontar una situación difícil. A medida que uno se va haciendo mayor, se independiza y se responsabiliza de sus propios asuntos.

—¡Minx! ¿Estás aquí? ¿Has estado todo este tiempo conmigo? —se sorprendió lleno de contento.

—Pues claro que sí —respondió la gata de camuflaje, de quien ya se podía ver la clara silueta y los ojos de color turquesa en el suelo de granito—. Aún sigues necesitándome.

—¿Qué vamos a hacer cuando venga el policía de las sombras?

—Ya te he dicho que los mundos de los cuadros y todo lo que en ellos te asusta sólo está en tu cabeza. Si haces desaparecer los cuadros, también desaparecerá lo que te da miedo.

Sven miró fijamente la cortina cuyos pliegues se movían y cerró los ojos con fuerza, pero estaba convencido de que con ello no iban a desaparecer ni la oscura casa ni sus horrores.

—No sé hacerlo —dijo, y volvió a abrir los ojos.

—Sabes lo suficiente sobre desaparecer y olvidar como para hacerlo. Si logras olvidar, desaparecerá. Sólo tienes que desatar el nudo.

—¡Eso es! —exclamó Sven. Parecía realmente increíble que no hubiera caído en ello. Sacó del maletín el pañuelo de las horribles máscaras. Si conseguía deshacer el nudo, la gente de las sombras se olvidaría de él.

«Y las cosas olvidadas desaparecen si nadie las vigila —pensó mientras se afanaba con el nudo—. Terminan en el jardín de Villa Diminuta o en cualquier otro sitio y atascan el lugar, pero, como ya no hay nadie que las vigile, desaparecen sin más.»

Seguía esforzándose con el pañuelo; sin embargo, poco a poco, su alivio se iba convirtiendo en verdadera congoja: de forma misteriosa, el nudo se iba apretando más a cada nuevo intento.

«Esto no puede ser verdad —se dijo mientras intentaba con insistencia desanudar el pañuelo—. Nunca he conseguido hacer un nudo en condiciones, y ahora que mi vida depende de desatar éste, está tan fuerte como si lo hubiera hecho Jan.»

—No lo consigo —murmuró finalmente, desanimado. A pesar de que las lágrimas le empañaban los ojos, pudo darse cuenta de que la pálida luz que iluminaba la cortina se había oscurecido un poco, y los pliegues se habían acercado. Y, con ellos, el policía de las sombras.

—Entonces, tal vez sería una buena idea preguntarle a algún amigo que sepa hacer estas cosas si podría ayudarte —ronroneó Minx, que, entre tanto, ya había adoptado el aspecto de un gato blanco común y tocaba el teléfono con la nariz.

Indeciso, Sven dio un paso hacia adelante. Al acercarse al aparato, también se acercaba a la horrible cortina. A lo mejor moría nada más tocar aquella cortina que lo estaba acechando con sus pliegues. Pero a lo mejor era preferible morir antes de que la luz se apagara del todo y los pliegues lo tocaran a él.

—No hay rueda para marcar los números —dijo sin sorprenderse. De alguna manera, le parecía natural que, en la ciudad silenciosa, no se pudiera marcar un número de teléfono. No obstante, cogió el auricular y se quedó escuchando. Dos veces sonó el tono de llamada; luego, alguien descolgó.

—¿Sí? —dijo una voz muy lejana que le recordaba a alguien, aunque no caía en la cuenta.

—¡No consigo deshacer el nudo! —exclamó desesperado—. Por favor, ¿podría usted decirme cómo se desata un nudo fuerte?

—Yo no soy el responsable de nudos. Se ha equivocado de número.

La comunicación se interrumpió, pero ya había reconocido la voz: era el señor Nelson cuando aún vigilaba las cosas olvidadas y vivía en Villa Diminuta. Sven se acordó de que, en su primera aventura, su conversación había sido interrumpida por una extraña llamada telefónica; luego, cambió a su cebra diurna por Sofía, la cebra nocturna, y con ello comenzó a desordenar las cosas.

Colgó y lo intentó de nuevo. Esta vez escuchó al otro lado un golpe seco, como si alguien hubiera tropezado con el teléfono y lo hubiera tirado al suelo.

—¡Socorro! —gritó—. ¿Cómo se deshace un nudo si uno no sabe hacerlo?

—Hola —contestó una voz—. Hola, ¿quién está ahí?

—¡Oh, no! —se horrorizó Sven, y colgó el auricular con mano temblorosa. Quien había contestado no era otro que él mismo hacía muchísimo tiempo: cuando el ojonocturno salió del cascarón y, junto al Negro Cornflake, intentaba atraparlo antes de que se les escapara por el sótano.

—¿Cómo es posible que yo me haya llamado a mí mismo? —preguntó a Minx, que lo miraba impaciente con sus ojos de color turquesa.

—No te preocupes ahora por eso. La luz se está apagando y no tenemos mucho tiempo.

El pliegue de la cortina se había acercado considerablemente. Sven volvió a intentarlo con otra llamada de socorro.

—Yo no entiendo mucho de nudos —cuchicheó esta vez la voz del viejo Negro Cornflake—. Pero aquí hay marineros que pueden ayudarte, así que voy a buscarlos.

Desanimado, colgó el auricular. Sabía que el Negro Cornflake no iba a poder ayudarlo. El Pirata Solitario y los marineros ya habían zarpado en el *Ballena Voladora,* y estaban de camino al otro lado del horizonte. No servía de nada. La tímida luz se apagó y los pliegues se hincharon. No tenía nada que hacer.

—Inténtalo de nuevo —insistía Minx—. Si tú no puedes hacerlo y ninguno de los personajes de los cuadros puede ayudarte, debes traer a un amigo de verdad a este cuadro.

Obediente, volvió a coger el auricular. Esta vez pasó un buen rato hasta que alguien cogió el teléfono.

—¿Sí? —dijo la voz adormilada de Alex el gordo.

—¿Eres tú? —preguntó asombrado—. Soy Sven. Necesito tu ayuda.

—¡Qué raro! —dijo el otro bostezando de forma audible.

—He hecho un nudo que no puedo desatar —le explicó, nervioso, Sven—. Pero lo raro del caso es que yo no sé hacer nudos.

—Puedes desatarlo agarrando los dos extremos e intentando tirar de ellos como si quisieras apretar más —declaró Alex el gordo con voz somnolienta, dando la impresión de volverse a quedar dormido en cualquier momento.

—Ya lo he intentado. Pero no puedo.

—Se puede cuando se sabe el truco. Se puede si uno se da prisa y si está en un sueño. Y, o yo estoy en tu sueño, o tú estás en el mío. La cuestión es que quiero seguir durmiendo. Puedes traer tu nudo mañana al cumpleaños y yo te lo abriré. No olvides disfrazarte.

Luego colgó. La oscura habitación que, de no conseguir deshacer el nudo, pronto le pertenecería para siempre a él solo estaba muy silenciosa. El hinchado pliegue estaba a punto de alcanzarlo.

Dejó de sentir miedo. De repente, sus dedos no se mostraban torpes ni tensos al tirar con todas sus fuerzas de los dos extremos del pañuelo. Había aprendido lo que significa ser valiente. Había aprendido a encontrar amigos y poner las cosas en orden. Pero nunca, nunca había aprendido a hacer un nudo en condiciones. Y por eso tenía que conseguir deshacer aquel nudo.

¡Y el nudo se deshizo! Desapareció con un tirón tan fuerte que el pañuelo se le escapó de las manos, y él mismo tropezó y cayó contra la cortina. Intentó agarrarse de inmediato a uno de los pliegues, pero el impulso había sido demasiado fuerte. Por unos instantes, todo a su alrededor se quedó negro. Finalmente, cayó al suelo al otro lado de la cortina. Mantenía los ojos fuertemente cerrados; no quería ver, como si hubiera muerto.

Una triste despedida

DESPUÉS de un rato, Sven abrió los ojos. Había descubierto que seguía vivo porque alguien le soplaba en la nariz. Al abrirlos, su mirada dio de lleno con la cara de una gata de ojos color turquesa, a cuya espalda se extendía un cielo estrellado tras una enorme haya. De una de las ramas del haya colgaba un trozo de cortina con caras de payasos. A la rama más baja había atadas unas cuantas tablas, como si alguien hubiera planeado construir allí una cabaña.

Sven se incorporó sin acabar de creérselo, y se sentó. El truco había funcionado: al deshacer el nudo que recordaba a la gente de las sombras su existencia, él mismo se había convertido en algo así como una cosa olvidada y había ido a parar donde iban a parar todas las cosas olvidadas: al jardín de Villa Diminuta.

Mientras seguía observando detenidamente, se dio cuenta de que el jardín de Múnich volvía a ser una parcela completamente normal. Tenía el mismo aspecto que antes de vender Villa Diminuta: con un césped cuidadosamente cortado, y con dos tumbonas blancas apoyadas contra la pared del salón. Por la ventana salía un rayo de luz.

—Volvemos a estar en casa —susurró aliviado.

—Al contrario —ronroneó Minx, cuya voz sonó de repente muy triste—. Ésta ya no es tu casa, y nunca fue la mía. Nosotros sólo somos dos cosas olvidadas. Y haremos bien si nos largamos de aquí al igual que todas las demás cosas olvidadas. Sólo tienes que asomarte por una ventana.

Sven se agachó y se acercó con cuidado a la ventana del salón para mirar por ella. Dentro estaba cenando una familia desconocida: un padre, una madre y dos niñas pequeñas. Parecían de buen humor, porque todos hablaban a borbollones mientras hacían sonar los platos, que se amontonaban en la pequeña mesa, bajo una lámpara de cristal de colores. Minx tenía razón: aquél ya no era su hogar. Ahora lo habitaban otras personas y su hogar era una mansión en la ciudad de Berlín.

Cauteloso para que nadie lo descubriese, volvió al jardín, donde la gata lo esperaba.

—¿Y ahora qué? —preguntó en voz baja.

—Ahora ha llegado el momento de descubrir si todas las puertas del jardín llevan a direcciones prohibidas —ronroneó Minx. Se levantó y se dirigió a la puerta del jardín.

Sven echó una última mirada a Villa Diminuta y luego siguió a la gata de camuflaje. Su vieja casa le había parecido más pequeña de lo que él recordaba. Tal vez fuera cierto que resultaba demasiado pequeña para ellos.

Cuando Sven entreabrió la puerta, ésta volvió a chirriar lastimeramente. No le sorprendió mucho ver que al otro lado había un fragmento del taller de la abuela: ésta tenía que ser la puerta tapizada para la que sus padres no habían encontrado llave y de la que siempre pensaron que llevaba a un trastero. Intentó abrirla más, pero la puerta no se movió. Interrogativo, se quedó mirando a Minx.

—El pincel —ronroneó el gato—. Debes dejarlo aquí, en el mundo de los cuadros.

—Pero, entonces, ya no podré volver a visitarte, ni a ti ni a mis amigos —repuso consternado, y siguió tirando, empujando y aferrándose a la puerta.

—Ya no tendrás que hacerlo. Te olvidarás de todo esto, y después de un tiempo, todo habrá desaparecido.

—¡Pues eso no lo haré! —gritó testarudo, mientras tiraba de la puerta—. Nunca olvidaré las aventuras detrás de los cuadros.

—Aún quedan miles de historias por contar sobre lo que hay o podría haber detrás de los cuadros. Pero no dispones de tiempo para escucharlas todas, y además eres demasiado joven para comprender las rarezas de algunas de ellas. Más adelante, cuando seas mayor y contemples otros cuadros, tal vez adivines algunas de estas historias. Y ahora dame el pincel y márchate.

—Pero, ¿qué ocurrirá contigo? —preguntó Sven

mientras sacaba el pincel. En este momento acababa de darse cuenta de que la gata de camuflaje no lo acompañaría.

—Las cosas tienen un nuevo orden. Nada es ya como era. Has podido devolver todos los regalos, pero no has podido recuperarlos todos. Has dado de comer a una gata que, después de beberse la leche, empezó a hablar porque tú la necesitabas. Al beber la leche que me diste y saltarme la prohibición, se me cerró la posibilidad de regresar a mi cuarto.

—Entonces, o me quedo aquí, o te llevo conmigo —soltó Sven lleno de arrojo, sin dejar de empujar con todas sus fuerzas contra la puerta—. Yo no quiero estar sin ti.

—Los gatos de camuflaje siempre se buscan sus propias familias —dijo Minx en tono muy severo—. Todos los gatos se buscan sus propias familias. La verdad es que ya eres mayorcito para saberlo. Así que vete de una vez. ¡Y gracias por el cuenco de leche!

Y, con un zarpazo tremendamente rápido, le golpeó la mano, de forma que el pincel salió volando por los aires. En ese mismo instante, la puerta cedió y Sven entró disparado al taller de Berlín, donde se dio un porrazo contra el suelo mientras la puerta tapizada, para la que no había llave, se volvía a cerrar. Había vuelto a casa.

De nuevo en casa

SVEN había vuelto a casa, pero, a este lado de los cuadros, no tenía amigos, y ni siquiera sabía cuánto tiempo había pasado en su última aventura. Seguramente sus padres ya habrían llamado a la policía para que lo buscara. Le iba a caer una regañina morrocotuda. Pero le daba igual, bastante trabajo tenía ya con aguantarse sus penas. Fue bajando las escaleras despacio. Escuchó a su madre trajinando con los cacharros en la cocina.

—Ya he vuelto —dijo en voz baja, mientras asomaba la cabeza por la puerta.

—¿Pero es que te habías ido? —preguntó su madre, más sorprendida que preocupada—. Cariño, ya sabes que no queremos que salgas solo a la calle. Será mejor que tu padre no se entere. Debe de estar al llegar. Hoy cenaremos tranquilamente todos juntos, como antes. Tenemos que celebrar que he terminado mi libro. Mañana podrás leerlo.

—Está bien —murmuró Sven.

Se fue al salón y se tumbó en el sofá. Se sentía tan triste que ni siquiera se le había ocurrido preguntar por qué volvía su padre tan pronto de la oficina, y tampoco le apetecía quedarse levantado para celebrar con su madre que ya no tenía que estarse todo el día sentada delante del ordenador y sus pitidos. Sólo quería acurrucarse en su cama.

A la mañana siguiente, en el colegio, seguía sintiéndose muy apenado. En cuanto la señora Hartel empezó a escribir en la pizarra aquellos aburridos problemas de matemáticas, Alex el gordo le dio un codazo.

—Tú sí que tienes guasa —refunfuñó—. Mira que sacarme de la cama en mitad de la noche. No veas cómo se enfadó mi padre. Mejor ni te lo cuento.

—¿Quién, yo? —preguntó Sven completamente desconcertado.

—Sí, tú —cuchicheó Alex el gordo, pero ahora no parecía tan enfadado—. Tú y tu estúpido nudo. Ya podías haberte esperado hasta el colegio...

—Creo que incluso podrá esperar hasta después del colegio —lo cortó la señora Hartel con voz amenazadora, volviéndose un momento—. Y a lo mejor hasta un poco más, si os dejo a los dos castigados después de las clases.

—Esta señora Hartel es bastante tonta, ¿verdad? —le preguntó Alex el gordo al oído.

—Ya lo creo —contestó acordándose de la extraña clase en el Desierto Interior—. No puedes imaginarte lo tonta que es.

—Está bien —dijo la señora Hartel—. De ahora en adelante, vosotros dos os sentaréis separados en mi clase.

Y así lo hicieron. Sin embargo, Sven siguió sonriendo a Alex el gordo cuando se acordó del cerdito de jabón que su tutora le llevó a la clase de Ciencias del Desierto.

En el autobús escolar, Alex el gordo le guardó un asiento y lo llamó insistentemente con la mano para que se acercara. Tal vez no fuera un mal tipo.

—Entonces, ¿vas a venir esta tarde a mi fiesta de cumpleaños o no? —le preguntó—. Ada quiere saber a toda costa de qué te vas a disfrazar.

—Claro que iré. Pero sólo tengo un estúpido disfraz de pirata.

—Eso no importa. Yo iré de campeón de natación, aunque no sé nadar. Y tú iras de pirata, aunque no sabes hacer nudos. Así es la vida.

—Yo puedo enseñarte a nadar —dijo Sven—. Pero, a cambio, tienes que enseñarme cómo se hace un buen nudo.

—Eso está hecho —exclamó Alex el gordo mientras intentaba salir para bajarse en la siguiente parada—. ¡Hasta esta tarde!

Poco después, llegó la parada de Sven, quien se bajó del autobús y pulsó el botón del semáforo de peatones. Pero de pronto descubrió algo tan sumamente sorpresivo que se olvidó por completo del semáforo y cruzó la calle volando, entre el chirrido de los frenos y los pitidos furiosos de los coches. Enfrente, en el último escalón hasta el portal de la casa de su abuela, sentado con toda la naturalidad del mundo, había un gato, un gato blanco y grande con ojos de color turquesa que se aseaba a base de lengüetazos. Cuando Sven, jadeante e incrédulo, se detuvo ante él, el gato levantó la cabeza y se quedó mirándolo tranquilamente.

—¿Minx? ¿Eres tú, Minx?

El gato no decía nada, pero Sven no se sintió molesto. Sabía que, a veces, a los gatos de camuflaje no se les ve, y a veces no se les oye; al menos, a éste se le veía. Sven abrió la puerta de su casa y el gato blanco se coló dentro como si hubiera estado esperando a que alguien la abriera.

—¡Mamá! —gritó excitado—. ¡Me he encontrado un gato! ¿Puedo quedarme con él? ¡Por favor, mamá!

Su madre asomó la cabeza desde la cocina y, con el ceño fruncido, miró a Minx, que se había tumbado con las patas estiradas en la alfombra.

—Un gato tan bonito, seguro que tiene dueño —dijo.

—Pero, si no lo tiene... —tartamudeó Sven nervioso—. ¿Puedo entonces quedármelo? ¡Por favor!

—Tal vez no te viniera mal tener un gato. Ya sé que, desde que nos mudamos aquí, no hemos podido dedicarte mucho tiempo. Pero, ahora que he terminado mi trabajo y la oficina de papá está funcionando, será distinto. Aunque tampoco te vendría mal un animal de compañía del que tengas que ocuparte tú mismo...

—Por favor, di que sí —le rogaba Sven.

—¡Está bien! —suspiró su madre, y se volvió hacia la

cocina—. Pondremos un anuncio en el periódico y pegaremos algunos carteles por el vecindario. Mientras nadie lo reclame, puedes quedártelo.

Vencido por la emoción, Sven se arrodilló junto al gato y le susurró al oído:

—Sé perfectamente que no perteneces a nadie, Minx. Los gatos de camuflaje eligen por sí mismos a sus familias, ¿no es cierto?

La gata empezó a ronronear, pero Sven no pudo distinguir ni una sola palabra. Tal vez fuera realmente inteligente por parte de los gatos renunciar a hablar.

La madre de Sven volvió a asomar la cabeza por la puerta de la cocina.

—Podías darle un poco de leche —dijo—. ¿Por casualidad sabes dónde ha ido a parar el cuenco pequeño de los topitos verdes?

—No tengo ni idea —mintió Sven guiñándole un ojo a Minx.

Y Minx le devolvió un guiño cómplice con sus ojos de color turquesa.

Índice

COLECCIÓN **ALA DELTA INTERNACIONAL**

Serie roja. A partir de 5 años

1. *La bruja del gato*. KARA MAY.
2. *El viejo gruñón*. PASCAL GARNIER.

Serie azul. A partir de 8 años

3. *Me llamo Drácula*. OLIVIER COHEN.
4. *Un caimán en la vida*. FRANÇOIS ZABALETA.

Serie verde. A partir de 10 años

5. *Chucho chungo*. DANIEL PENNAC.
6. *El proyecto bebé*. SARAH ELLIS.

Serie marrón. A partir de 12 años

7. *Un tren infernal*. MICHEL AMELIN.
8. *Direcciones prohibidas o la gata azul turquesa*. JOHANNES FRIEDMANN.